Rückkehr der Hoffnung

Bettina Kettschau

1. Auflage 2024
© by Christliche Schriftenverbreitung Hückeswagen
Umschlaggestaltung: Vogelsang Design, Aachen
Umschlagbild: stock.adobe.com
Satz: Christliche Schriftenverbreitung
Bildnachweise: Pixabay; Pexel; Unsplash; Freepik;
S. 152: commons.wikimedia.org:MartinLuther
Druck: CPI books GmbH
ISBN: 978-3-98838-014-2
www.csv-verlag.de

deutsche Übersetzung von amazing grace:
https://lyricstranslate.com

Rückkehr der Hoffnung

Bettina Kettschau

7	Aufregung in der Nacht
17	Beim Kunstschmied
25	Nebelnacht
39	Das Gastmahl
45	Die Botschaft des Narren
55	Der Fall Johann Wittenborg
63	Im Schatten der Vergangenheit
73	Weißes Gold
95	Rückkehr ins Moor
105	Der Besucher am Fenster
111	Der Sturm
121	In der Hand des Künstlers
127	Der Sohn des Fürsten
147	Luthers Lied
155	In der Höhlenburg
161	Die Nacht von Weihnachten
171	Morgenglanz der Ewigkeit

Inhaltsverzeichnis

Aufregung in der Nacht

Eine mondlose stille Nacht lag über dem Land. Die verschneiten Dörfer duckten sich in den Schatten der waldbedeckten Hügel, so als suchten sie Schutz vor der eisigen Kälte und eine Atempause vor weiterem Verderben. Es war die Ruhe nach dem Sturm.

Der Torwächter blickte aufmerksam hinaus auf das schweigende Land, auf die einsame, menschenleere Straße.

Der Feind hatte schlimm gewütet in ihren Dörfern, so dass sich alle Bewohner auf die Burg hinauf flüchten mussten. Doch nun war der Angriff vorbei. Gott sei Lob, es gab keine Opfer zu beklagen – und die Feinde waren weitergezogen. Der Burgherr hatte alle in seiner Burg beschützt.

Für einen Moment hauchte der Wächter in seine kaltgefrorenen Hände. In diesem Augenblick näherte sich ein Schatten auf dem Torweg. Durch den Schnee gedämpfter leiser Hufschlag. Langsam. Ungleichmäßig.

Der Wächter erstarrte. Dann sagte er scharf: „Stopp! Im Namen des Königs! Wer seid Ihr?"

Er bekam keine Antwort.

„Stopp!"

Der seltsam stolpernde, langsame Hufschlag kam näher. Dem Wächter brach der Schweiß aus. Er setzte das Signalhorn an die Lippen und blies Alarm. Die zweite Wache nahte zur Verstärkung.

Der Wächter ergriff seine Lampe. Mit der Waffe in der Hand trat er ins Tor und leuchtete auf den Weg hinab.

Ein klapperdürrer, zu Tode erschöpfter Gaul stolperte mit letzter Kraft in den Schutz des Torhauses.

Laut und anklagend klapperten die Hufe auf dem nassen, glitschigen Kopfsteinpflaster. Ein Reiter hing zusammengesunken am Hals des Pferdes. Beide, Pferd und Reiter, waren halb erfroren und fürchterlich entkräftet.

„Schnell, wir müssen ihm helfen", sagte der zur Hilfe geeilte Wachsoldat, ein junger Mann mit fast noch kindlichen Gesichtszügen.

„Langsam, langsam", wehrte der diensthabende Wachmann ärgerlich ab. „Womöglich ist's eine Falle, Bernhard, und er hat noch einen Trupp hinter sich, die das Tor erobern, während wir uns mit ihm abgeben."

„Aber Walther! Wir können ihn doch nicht draußen lassen in der Kälte. Bitte, ich werde in der Zwischenzeit das Tor bewachen!"

Nun kam der Fremde zu sich. „Gnade! Bringt mich bitte zu eurem Herrn! Schnell", brachte er mühsam in gebrochenen Sätzen hervor. „Es – es geht um Leben und Tod!"

„Das kann jeder sagen", versetzte Wachmann Walther ungerührt. „Wer seid Ihr denn, dass ich meinen Herrn darum mitten in der Nacht wecken sollte?", fügte er höhnisch hinzu.

„Nehmt ihn wenigstens mit hinein ins Torhaus!", bat der junge Bernhard. „Und versorgt das erschöpfte Tier."

„Mach, was du willst", knurrte Walther. „Aber ohne mich!" Ärgerlich kehrte er auf seinen Posten zurück.

Bernhard sah ihm hilflos nach. Dann brachte er den erschöpften Fremden in die Wachstube innerhalb des Torhauses.

Der Mann sank auf einen Stuhl und ließ den Kopf hängen. „Bitte, bitte, bringt mich doch zu eurem Herrn", flehte er. Sein Akzent war fremd.

Bernhard zuckte betrübt die Schultern. Was sollte er denn tun? Befehl war Befehl. Walther war schließlich Torwächter, er selbst nur Rekrut.

In diesem Moment erklang erneut Hufgetrappel, diesmal auf dem Weg von der Burg herab. Der Reiter stieg im Torweg ab und rief: „He! Walther?!"

„Zu Diensten, Herr!", erwiderte der Wachmann und knallte die Hacken zusammen.

„Was war denn los? Ich habe das Alarmsignal gehört!"

„Ein einzelner Reiter auf dem Weg, Herr!", berichtete Walther. „Ein Fremder! Er sagte, er hätte Euch eine wichtige Mitteilung zu machen. Vermutlich ein Spion oder der Späher einer größeren Truppe", fügte er verächtlich hinzu.

Die Stirn des Burgherrn umwölkte sich. „Bringt den Mann zu mir auf die Burg!", befahl er und wandte sein Pferd.

„Mit Verlaub, Herr", wagte Walther einzuwenden. „Ihr seid unvorsichtig!"

„Du weißt genau, Walther, dass jeder Bittende, Hilfesuchende, Ratsuchende Zutritt bei mir erhält. Und nun bring den Mann zu mir hinauf. Persönlich. Bernhard und Elmar mögen dich so lange im Tor vertreten."

„Ja, Herr", versetzte Walther missmutig.

Der Burgherr kehrte zurück auf seine Burg und das Hufgetrappel verklang in der Ferne.

Gehorsam geleitete Walther den Fremden zur Burg hinauf. Dieser hatte sich inzwischen so weit erholt, dass er mit Walther beinahe Schritt halten konnte. „Euer Herr ist sehr gütig, dass er mich mitten in der Nacht empfängt. Man hört nur Gutes von ihm im ganzen Land und selbst jenseits der Grenze!"

Walthers grimmige Miene hellte sich etwas auf. „Da habt Ihr recht, Fremder", sagte er. „Unser Herr ist sehr gütig und gnädig, – auch gegen solche, die es nicht verdienen", fügte er ein wenig verdrossen hinzu.

Der Fremde senkte den Kopf. „Ich weiß. Sonst wäre es ja auch keine Gnade, wenn ich sie verdient hätte."

Walther nickte. „Ihr habt schon recht, Fremder. Sei es drum. Wir sind da."

Der Fremde sah ehrfürchtig zu der mächtigen Burg empor. Das Portal und die Eingangshalle waren trotz der nächtlichen Stunde hell erleuchtet.

Der Haushofmeister eilte beflissen herbei und nahm den Fremden in Empfang. „Ich soll Euch sofort zu meinem Herrn bringen", sagte er eifrig.

Der Fremde sah betreten an sich herunter. „Darf ich denn in diesem Aufzug bei dem Herrn erscheinen?"

„Ja. Gewiss. Mein Herr sagte mir, Ihr habet ein dringendes Anliegen. Das duldet keinen Aufschub und erfordert keine Vorbereitungen."

Der Fremde verneigte sich. „Vielen Dank!"

Er wurde in das Audienzzimmer geführt, wo ihn der Burgherr bereits erwartete und ihn sofort unterbrach, als er zu einer formvollendeten Begrüßungsrede ansetzen wollte. „Nehmt Platz", er deutete auf einen bequemen Armlehnsessel vor dem Kamin. „Was führt Euch in tiefer Nacht zu mir?"

„Die Not, Herr! Blanke Not!"

„So berichtet!"

„Die Feinde, sie ... überfielen unser Dorf, brannten alle Häuser nieder. Unser Burgherr konnte uns nicht helfen. Die Burg ist klein und überfüllt und die Nahrungsmittel werden schon knapp. Wir flohen. Einer von uns hatte gehört, dass Ihr, Herr, keinen abweist, der in Not zu ihm kommt. Unsere Leute verstecken sich im Wald in einer Schlucht, durch die ein Bach fließt. Aber sie können jederzeit von den Feinden entdeckt werden. Bitte!" Der Fremde fiel vor dem Burgherrn auf die Knie. „Gnade! Gebt uns Unterschlupf nur für wenige Tage, obwohl wir Fremde sind!"

Der Burgherr sprang auf, nahm den Fremden bei den Schultern und richtete ihn auf. „Ihr solltet nicht vor mir knien! Gern gewähre ich Euch Unterschlupf!" Der Burgherr klingelte nach seinem Haushofmeister. „Eine berittene Truppe, 40 Mann stark, soll ausrücken und die Flüchtlinge aus dem Wald hierher geleiten. Schnell, es muss noch vor Morgengrauen geschehen!"

Der Fremde erhob sich. „Tausend Dank! Ich werde die Männer zu meinen Leuten führen!"

„Überlasst das nur meinen Kämpfern! Ihr müsst Euch ausruhen", wehrte der Burgherr ab. „Schnell, beschreibt uns den Weg!"

„Ich kenne die Schlucht", unterbrach ihn der Haushofmeister. „Ein klug gewähltes Versteck!" Er entfernte sich rasch, um die Truppe zusammenzutrommeln.

„Nehmt wieder Platz", sagte der Burgherr gütig. „Ich habe in der Küche Bescheid gegeben, dass Euch eine Erfrischung gebracht wird."

„Wie kommt es eigentlich, dass Ihr wach seid zu dieser Stunde und dass Eure Leute wach sind – mitten in der Nacht?", fragte der Fremde staunend.

Der Burgherr seufzte. „Es sind schwierige Zeiten. Angriffe liegen an der Tagesordnung. Da gilt es, wach zu sein, wenn ich Schutz gewähren will."

Nun wurde der Imbiss aus der Küche heraufgebracht. „Greift zu!", sagte der Burgherr freundlich.

„Danke für Eure Gastfreundschaft", erwiderte der Fremde bewegt. Er neigte den Kopf, um Gott für die Speisen zu danken, was der Burgherr mit einem erfreuten Lächeln registrierte, und begann zu essen.

„Ich kann es noch nicht fassen", sagte der Fremde schließlich. „Und ich weiß nicht, wie ich Euch danken soll! Ihr hört mich mitten in der Nacht an, rettet meine Gefährten, bewirtet mich und schenkt uns allen Zuflucht, obwohl wir Fremde sind! Euer Wachmann formulierte es so: Unser Herr erweist allen Gnade, auch denen, die es nicht verdienen. Wie recht er hat!"

Der Burgherr lächelte. „Ich gebe nur weiter, was ich selbst empfangen habe. Gott rettete mich einst aus größter Not, aus tiefster Nacht der Schuld, als ich zu ihm schrie! Er schenkte mir seine Vergebung, obwohl ich sie nicht verdiente. Er begnadigte mich. Ich habe nun – wie jeder Glaubende – jederzeit Zutritt zum Thron der Gnade Gottes, und mein Herz ist jeden Tag voll Freude und voll Staunen darüber. Es ist darum nichts Besonderes, wenn ich meinerseits den Menschen, die Hilfe bei mir suchen, Zutritt und ein wenig Zuflucht gewähre."

Eine Weile war es still zwischen den beiden Männern. Dann erhob sich der Burgherr. „Ich lasse Euch jetzt allein, damit Ihr ausruhen könnt." Er rückte seinem Gast einen bequemen Fußschemel zurecht, so dass er seine müden Glieder ausstrecken konnte ...

Das Feuer im Kamin war fast heruntergebrannt, als der Fremde erwachte. Heller Lichtschein von vielen Fackeln drang von draußen herein. Er sprang auf und eilte zum Fenster. Da kamen sie, ein langer Zug von Menschen, eskortiert und gestützt von den Truppen des Burgherrn. Seine Leute waren in Sicherheit, geborgen im Schutz eines gütigen Herrn, bis die Gefahr vorüberzog.

> *Sei mir gnädig, o Gott, sei mir gnädig! Denn zu dir nimmt Zuflucht meine Seele, und ich will Zuflucht nehmen zum Schatten deiner Flügel, bis das Verderben vorübergezogen ist.*
>
> Psalm 57,2

Aufregung in der Nacht

Beim Kunstschmied

Mike strampelt keuchend auf seinem Rad den steilen Berg hinauf. „Typisch für den Burgholte", denkt der junge Mann ärgerlich. „Für mich musste er natürlich eine Praktikumsstelle in dem 7 Kilometer entfernten Töpferdorf aussuchen!"

Mike hat heute Morgen mal wieder verschlafen, weil er die halbe Nacht über medizinischen Büchern gehockt hat. Er liest gerade alles, was er bekommen kann, über die seltene Krankheit seiner kleinen Schwester. Die Ärzte wissen bei ihr einfach nicht weiter. Der Bus ist ihm vor der Nase weggefahren. Das hieß: eine zusätzliche Radtour für Mike.

„Na ja, eigentlich ist es ja ganz gut, dass die Schule sich um Praktikumsplätze gekümmert hat", überlegt Mike weiter. Er weiß von seinem Kumpel in einer anderen Schule, dass es gar nicht so einfach ist, Stellen zu finden.

„Aber warum ausgerechnet beim Kunstschmied?", hat Mike gefragt.

Lehrer Burgholte grinste ihn an, aber nicht fies, sondern richtig nett und erklärte: „Wart's ab, es wird dir gefallen und dir guttun."

Hm. Wenn Lehrer so was sagen?! Aber es gefällt ihm eigentlich nicht schlecht in seiner Praktikumsstelle.

Inzwischen hat Mike die ersten Häuser des Ortes erreicht. Die gepflegte Dorfstraße wird von Gärten gesäumt, die im ersten Frühlingsgrün stehen. „Töpferscheune Mackensen, Töpferei Oldesloh, Holzhandwerk Schulte, Künstlercafé Sonnenblume", liest Mike im Vorbeifahren. Hier ist alles auf

Tourismus eingerichtet, das hat er schon lange festgestellt.

Die Kunstschmiede liegt ganz oben auf dem Berg inmitten eines genial verwilderten, wunderschönen Gartens. Der kleine Laden, der daran angeschlossen ist, öffnet heute erst am Nachmittag. Mike parkt sein Fahrrad und geht zur Seitentür, die einen Spalt offensteht. Der Schmied schaut kurz auf, als Mike eintritt, und nickt ihm freundlich zu.

„Entschuldigung", murmelt Mike. „Ich hab wieder verschlafen."

„Kein Problem. Zieh dir Schutzkleidung an. Vergiss nicht die Brille. Und dann hol dir einen Hocker und setz dich zu mir."

Mike gehorcht. Der Schmied sieht wie immer auffallend aus. Sein dicker weißer Haarbusch steht in alle Himmelsrichtungen. Die dunklen Augen sind hinter der Schutzbrille verborgen. Das Kinn bedeckt ein verwuschelter Ziegenbart. Er trägt einen weiten weißen Mantel, der mehr an einen Apotheker erinnert. Die Füße stecken in rehbraunen Lederstiefeln.

Am Rand des Raumes lodert hinter dem Schutzgitter das Schmiedefeuer hell auf, als der Schmied ein Stück Eisen in den Flammen dreht, bis es weiß glüht. Mit der Zange legt er das Schmiedestück auf den Amboss und hämmert es mit dem schweren Schmiedehammer, so dass die Funken nach allen Seiten sprühen. Mike schaut ihm fasziniert zu.

Der Schmied reicht ihm einen etwas schmaleren Hammer. „Versuch es mal", sagt er.

Zögernd schlägt Mike zu. „Kräftiger", ermutigt ihn der Schmied, während er das Eisen mit seiner Zange festhält.

Mike gehorcht. „Was wird das?", fragt er.

„Eine Messerklinge."

„Eine Waffe?", erkundigt sich Mike entsetzt.

„Du kannst auch eine Gabel als Waffe benutzen."

„Klar." Mike grinst und wird ein bisschen rot.

Langsam nimmt das Eisen die gewünschte Form an. Mike arbeitet, ohne aufzusehen. Es tut ihm gut. Alle missmutigen und traurigen Gedanken, die ihn sonst quälen, weichen der konzentrierten Aufmerksamkeit, die er dem heißen biegsamen Metall zuwendet. Zum ersten Mal spürt er die Befriedigung, etwas zu gestalten.

Der Schmied hat ihm nachdenklich und sehr zufrieden zugesehen. Mit der Zange befördert Mike das bearbeitete Eisen ins Wasserbad. Dampf zischt auf.

„Gut gemacht", lobt der Schmied. „Du hast schnell begriffen, worauf es ankommt. – Komm, ich will dir etwas zeigen!"

Neugierig folgt Mike dem Schmied in den Raum neben der Schmiede, der als Büro und Arbeitszimmer eingerichtet ist. Der Kunstschmied öffnet eine Schublade und nimmt ein flaches Schmiedestück heraus, das in Seidenpapier eingeschlagen ist. „Schau es dir an!"

Vorsichtig entfernt Mike die Verpackung. Seine Augen werden groß vor Staunen. „Oh", sagt er. „Das ist ja Klasse!"

„Ein Kamingitter-Aufsatz!", erklärt der Schmied lächelnd. „Die Vorlage – das Original, wenn du so willst – stammt aus dem England des 18. Jahrhunderts."

„So was kann man schmieden?", fragt Mike beinahe ehrfürchtig und betrachtet das zierliche Gitter. Inmitten von Ornamenten prangt eine Kutsche, die von zwei edlen Pferden gezogen wird.

„Mein Meisterstück, als ich die Prüfung ablegte!"

„Ich kann mir nicht vorstellen, wie so etwas geht."

„Komm mit, ich zeige es dir."

Aufmerksam sieht Mike dem Schmied bei der Arbeit zu. „Oh, Sie haben das Eisen zerbrochen!"

Mit Zange, Hammer, Meißel und anderen Werkzeugen zerteilt der Schmied das Metall in kleine und kleinste Einheiten. Er schaut nicht auf, als er leise erklärt: „Um etwas Kunstvolles zu schaffen, ist immer Zerbruch nötig."

Die Worte des Schmieds klingen in Mike noch nach, als er langsam den Berg hinunter nach Hause fährt. Nach vielen Wochen betet er zum ersten Mal wieder. „Gott", sagt er leise, während der Fahrtwind sein Gesicht kühlt. „Gott, ich weiß nicht, warum meine kleine Schwester so krank ist. Ich weiß auch nicht, warum es so viel Hass und Mord und Krieg auf der Welt gibt. Arbeitslosigkeit und Armut und Schwäche. Vielleicht bist du über all das genauso traurig und bestimmt auch zornig wie ich. Und vielleicht willst du aus Meggies Krankheit etwas Gutes und Schönes kommen lassen, so wie der Schmied aus den zerbrochenen geborstenen Eisenteilchen ein Kunstwerk schmiedet. Es tut mir leid, Gott, dass ich so lange nicht mit dir geredet habe. Dass ich immer weggehört habe, wenn Papa zu dir betete. Ich will glauben, dass du alles gut machst."

Mike hebt sein Gesicht in den Wind. Die Sonne scheint plötzlich heller zu leuchten und Mike spürt eine seltsame friedliche Ruhe in seinem Herzen.

In den nächsten Tagen kommt Mike pünktlich in der Kunstschmiede an. Immer wieder darf er zusehen und auch selbst mit Hand anlegen.

„Was hast du nach der Schule vor?", fragt ihn der Schmied am letzten Tag des Praktikums.

Mike zuckt die Achseln.

„Wenn du das Schmiedehandwerk lernen willst, kannst du jederzeit bei mir anfangen."

„Oh", meint Mike erfreut. „Sie bilden Lehrlinge aus?"

„Ja, ab und zu." Er sieht den Jungen prüfend an. „Du hast Freude am Gestalten, dazu bist du geschickt und kräftig. Du arbeitest gern mit deinen Händen, stimmt's?"

„Stimmt", gibt Mike überrascht zu.

„Überleg es dir. Und jetzt bekommst du dein eigenes Schmiedestück. Mal sehen, was du daraus machst."

Mit Feuereifer beginnt Mike mit der Arbeit. Ein Ornament wie auf dem Kamingitter schwebt ihm vor. Doch das zähe Material gehorcht ihm nicht so, wie er es sich wünscht. Entmutigt hält er inne.

„Es ist noch kein Meister vom Himmel gefallen", sagt der Schmied sanft.

„Nein. Ein Werk vom Meister sieht anders aus!"

„Du sagst es."

Beim Kunstschmied

„Glauben Sie an Gott und an Jesus Christus?"

Der Schmied schaut auf und lächelt. „Wie kommst du jetzt darauf?"

„Ich weiß nicht. Was Sie sagen, klingt manchmal so wie die Gleichnisse aus der Bibel. Da wird Gott mit einem Töpfer verglichen oder einem Werkmeister."

Der Schmied nickt. „Ja, ich glaube daran, dass Gott mich durch seinen Sohn erlöst und errettet hat. Nun gehöre ich ihm und er will aus mir ein Kunstwerk machen, das ihm gefällt. Das Material ist spröde und widerspenstig. Aber Gott erreicht am Ende sein Ziel."

Mike nickt langsam. „Durch Wärme, durch Licht, aber auch durch Zerbruch?"

„So ist es, Junge. Aber vertraue ihm. Er ist ein Künstler. Und einer, der liebt. Niemand liebt dich mehr als er."

Siehe, ich habe dich geläutert, doch nicht wie Silber; ich habe dich geprüft im Schmelzofen des Elends.

Jesaja 48,10

*So spricht der H*ERR*, dein Erlöser, der Heilige Israels: Ich bin der H*ERR*, dein Gott, der dich lehrt zu tun, was dir nützt, der dich leitet auf dem Weg, den du gehen sollst. O dass du geachtet hättest auf meine Gebote! Dann wäre dein Frieden gewesen wie ein Strom und deine Gerechtigkeit wie Meereswogen.*

Jesaja 48,10.17.18

Nebelnacht

„Fahren Sie heute Abend nicht hinaus, Herr Strieben", mahnt der alte Steuermann, der die Yacht des jungen Geschäftsmanns vorbereitet hat. Der erfahrene Seemann schaut hinaus aufs Meer. „Dort drüben braut sich etwas Schlimmes zusammen!" Er deutet hinaus auf die See.

Strieben wirft nur einen kurzen Blick zum Horizont. „Bis dahin bin ich längst zurück, Peet", verspricht er scheinbar gelassen. Doch um seinen Mund zuckt es und eine steile Falte steht zwischen seinen Augenbrauen.

Peet weiß, dass der junge Chef der Veda-Werke verärgert ist und sagt nichts mehr. In dieser Gemütslage ist mit Strieben nicht gut Kirschen essen, das weiß er aus langer Erfahrung. Kennt er doch den aufbrausenden jungen Mann seit dessen Kindertagen.

Gemeinsam mit einigen weiteren Männern, die er herbeigerufen hat, schiebt Peet die „Nebelwolke", eine elegante Segelyacht, die im Schutz des Bootshauses bereits im Wasser liegt, an den Anlegesteg hinaus.

„Kein gut Wetter zum Segeln, Herr Strieben", sagt ein junger Maat und tippt an seine Mütze. „Eine kräftige Flaute, die nichts Gutes verheißt."

„Danke für den Hinweis!", erwidert der Angesprochene ironisch. „Ich war ja noch nie draußen, wie du weißt!"

„Ich meine nur", versetzt der Maat eingeschüchtert und verzieht sich schnell.

Strieben wirft ihm einen zornigen Blick nach. Peet seufzt leise und beeilt sich, das Boot zum

Auslaufen fertig zu machen. Die Yacht „Nebelwolke" ist modern und verfügt über einen starken Motor. Allerdings ist sie nur bedingt hochseetauglich. Und doch segelt Strieben damit hinaus, so, als wollte er sein Glück herausfordern.

„Das Leben in unserem Kontor behagt mir nicht", bricht es aus Strieben heraus, als habe er die Gedanken des alten Angestellten gelesen. „Ich brauche Luft, will neue Ideen umsetzen, etwas Neues wagen. Ich ersticke über den alten akribisch geführten Rechnungsbüchern, Kontoauszügen und Angebotslisten."

„Sprechen Sie doch einmal in aller Ruhe mit Ihrem Vater", schlägt Peet vor.

„Das hat keinen Zweck, das wissen Sie doch! Er würde es nicht begreifen", widerspricht Strieben heftig. „Für ihn hat es nie etwas anderes gegeben als seine ehrbaren Geschäfte und seine strengen Prinzipien!", fügt er zornig hinzu.

„Was ist falsch an Prinzipien?"

Strieben lacht spöttisch auf. „Nichts. Sie sind nur zuweilen extrem hinderlich, wenn man Grenzen überschreiten und Risiken über das normale Maß hinaus eingehen will."

Der alte Seemann erwidert nichts darauf. Strieben ist ein kluger Geschäftsmann, geschickt bis zur Rücksichtslosigkeit. Ihn interessiert vor allem Erfolg und Einfluss am Markt, egal um welchen Preis.

Strieben zwingt einen freundlichen Ausdruck auf sein Gesicht. „Lassen Sie es gut sein, Peet!", meint er etwas gönnerhaft. „Informieren Sie meinen Vater, dass ich hinausgefahren bin. Und – machen

Sie sich keine Sorgen. Ich bin bald wohlbehalten zurück", fügt er leichthin hinzu.

„Gebe es Gott!", sagt der alte Seemann. Er steht noch lange am Anleger und sieht dem Boot nach, das mit tuckerndem Motor auf die fast unbewegliche See hinausfährt. „Die Ruhe vor dem Sturm!" Peet zieht die Schultern zusammen. Er friert auf einmal. „Wie bei den Menschen und ihrem Schicksal."

Weiter und weiter fährt Strieben hinaus. Seine Leute haben recht, das Wetter ist lausig zum Segeln. Kaum ein Lüftchen regt sich, das Segel hängt schlapp herab, gleichzeitig lastet die Luft schwer wie Blei über dem Meer. Und von seinen aufgescheuchten, zornigen Gedanken, die ihn unentwegt beschäftigen, kommt er nicht los, nicht einmal hier draußen. Immer noch sieht er das ruhige Gesicht seines Vaters vor sich. Sein Vater wurde nie laut, und das brachte ihn regelmäßig so auf die Palme, dass er Dinge sagte, die ihm hinterher leidtaten. Ja, es tat ihm leid, dass er den alten Herrn so angefaucht hatte. Sein Vater hatte sich ruhig abgewandt und gesagt: „Ich glaube, du kämpfst nicht gegen mich, sondern gegen Gott. Was liegt an mir? Aber, hör doch, Junge! Gott lässt sich nicht spotten. Er ist immer stärker als wir. Was ein Mensch sät, das wird er ernten!"

„Was hat denn Gott damit zu tun?", hatte er wütend erwidert und ohne ein Abschiedswort das Büro des Vaters verlassen ...

Immer mehr entfernt sich das Boot von der schützenden Küste. Nun frischt der Wind etwas auf – endlich.

Nebelnacht

Das Segel füllt sich. Ziellos kreuzt der Segler vor dem Wind, im milchigen Licht der verhangenen Sonne, die schon tief über dem Horizont steht.

Die Orientierung wird ihm schwerer, je diffuser das Licht die Wassermassen in einen verschwommenen Grauton hüllt.

„Stimmt am Ende etwas mit dem Kompass nicht?", überlegt Strieben alarmiert. Das Instrument reagierte so träge.

Strieben richtet sich aus seiner nachlässigen Haltung auf und späht aufmerksam aufs Meer hinaus. Doch dort gibt es nichts, woran er sich orientieren könnte, nur graue, leicht gekräuselte Wellen unter dem grauen Horizont, endlos und bleiern. Strieben schaut auf die Uhr. Bald wird die Ebbe einsetzen. Und der junge Mann möchte nicht die Häme seiner Leute erleben, wenn seine stolze Yacht im Wattenmeer strandet. Wenn er nur einen Bezugspunkt hätte. Er fürchtet, dass er sich auf den Kompass, der fast unbewegt nach Norden zeigt, nicht mehr verlassen kann.

Dazu das ungewisse Wetter. Eine bedrohlich dunkle Wolkenwand schiebt sich plötzlich über den Horizont. Dann wie auf ein Signal bricht das Unwetter los.

Strieben schafft es gerade noch, das Segel einzuholen. Orkanartige Böen peitschen die vor Minuten noch ruhige See auf und lassen die Yacht wie eine Nussschale auf den Wellen tanzen. Höher und höher türmen sich Wellenberge auf und fegen die „Nebelwolke" in tiefe Wellentäler hinab. Strieben umklammert mit verbissener Miene das Steuer.

Er weiß nicht, wie viel Zeit vergangen ist, als der Sturm sich so plötzlich legt, wie er losgebrochen ist. Inzwischen ist es Nacht geworden. Die Wolkendecke reißt auf, einzelne Sterne sind zu sehen. Nur langsam beruhigen sich die tobenden Wellen. Strieben wagt es nach einiger Zeit, den Motor abzustellen und den starken Anker auszuwerfen. Endlich wird es ganz still. Todmüde vom Kampf mit dem wilden Meer schaut Strieben zum Himmel hinauf.

„Gott ist immer stärker als wir", hört er wieder die ruhigen Worte seines Vaters. Er hat doch gerade wieder erfahren, wie mächtig Gott ist! Gott gebietet über die Kräfte der Natur. Und ist gleichzeitig ein gnädiger Gott. Steht nicht irgendwo in der Bibel, dass Gott keine Freude am Tod des Gottlosen hat, sondern dass er von seinem Weg umkehrt und lebt? Vielleicht ist dieser Sturm Gottes Ruf zur Umkehr für ihn?

Strieben verdrängt diese Gedanken. Er ist ein guter Seemann und er hat dem Sturm getrotzt! Er reckt die geballte Faust nach oben.

Der Mond ist inzwischen aufgegangen. Sein Licht wirft eine silberne Straße durch den Dunst übers Wasser. Strieben weiß nicht, wie lange er so gestanden und aufs Meer geschaut hat. Langsam, ganz langsam löst sich der Nebel auf. Endlich sind wieder klare Linien zu erkennen. Und nun kann er auch die entfernten Lichter einer Hafenmole erkennen.

„Doch keine Nacht auf dem Wasser", murmelt Strieben erleichtert. Er lichtet den Anker und startet den

Motor seiner Yacht. Mit zufrieden tuckerndem Motor hält das elegante kleine Schiff auf das rettende Ufer zu. Als er den kleinen Fischereihafen erreicht, erscheint im Osten ein roter Schein am Horizont und kündet von einem neuen Morgen.

Strieben hat seine Yacht am Steg festgemacht und klettert an Land. Zu seiner Überraschung fühlen sich seine Knie weich an. Das war knapper heute Nacht, als er sich eingestehen wollte. Diese Erkenntnis drängt sich ihm so unvermutet wie unerwünscht auf. Dazu diese schwere bleierne Stille vor dem Sturm ...
 Ärgerlich richtet sich Strieben auf und wirft den Kopf in den Nacken. Er hat schon mehr als einen Sturm erlebt!

An der Mole sitzen zwei alte Fischer. Strieben grüßt höflich. Der Jüngere der beiden nickt, rückt zur Seite und lädt ihn mit einer Handbewegung ein, sich zu ihnen zu setzen. Strieben zögert einen Moment, dann folgt er der Aufforderung.
 „Sie sind früh unterwegs", beginnt der Fischer ein Gespräch. „Wir haben Ihre Yacht anlegen sehen. Ein schönes Boot!"
 „Nun, mein Törn dauerte etwas länger als geplant." Strieben lächelt unbestimmt.
 „Es war keine gute Nacht, um draußen zu sein", bemerkt der ältere Fischer. Der teilnehmend freundliche Blick aus klaren blauen Augen bringt Strieben aus der Fassung. Mit einem Mal überfällt ihn die verdrängte Anspannung mit Macht. Seine Hände beginnen zu zittern.

Der Fischer holt eine Thermoskanne aus seiner Tasche, die unter der Bank steht. Er gießt von seinem streng duftenden, dampfenden Tee in einen Becher. „Nehmen Sie einen Schluck!"

Strieben gehorcht. Das Gebräu schmeckt scheußlich, doch es wärmt und belebt von innen. „Danke, das tut gut!"

Der Fischer nickt.

„Der Sturm und die Nacht auf See haben mich mehr geschafft, als ich dachte", bricht es aus Strieben heraus.

„Draußen zu sein auf dem sturmgepeitschten Meer ist eine Sache, die selbst erfahrene Seeleute immer wieder an ihre Grenzen bringt", erwidert der alte Fischer verständnisvoll.

„Wo bin ich denn hier eigentlich?", erkundigt sich Strieben. Die Frage soll beiläufig klingen.

Der alte Fischer sieht ihn aufmerksam an. „Pellworm-Hafen auf Pellworm!", erklärt er ruhig.

„Pellworm?", stottert Strieben. Dann hat sein Kompass richtige Werte angezeigt! Er muss völlig die Orientierung verloren haben, während er die ganze Zeit nach Norden gesegelt ist. So weit ist er noch nie vom Kurs abgekommen!

„Wo sind Sie denn auf Ihren Törn gestartet?", erkundigt sich der Fischer. Ein Lächeln zuckt in seinen Mundwinkeln.

„Ich komme von Glückstadt herauf", erzählt Strieben ehrlich. „Ich wähnte mich irgendwo westwärts der Elbemündung vor der friesischen Küste."

„Mhh." Der Fischer schweigt für einen Moment. „Vielleicht sollten Sie allein nicht ganz so weit hinausfahren", meint er dann gutmütig. „Gott sei

Dank hat unser Herr Christus Sie gnädig bewahrt."

Gestern noch wäre Strieben bei einer solchen Bemerkung wütend aufgefahren. Doch jetzt nickt er nur. „Sie haben vermutlich recht! Mein Boot und ich sind nicht wirklich hochseetauglich." Er streicht sich müde über die Stirn.

„Sie sollten erst einmal ausruhen!" Väterlich legt ihm der Fischer die Hand auf die Schulter.

Strieben nickt. „Gibt es einen Gasthof im Ort, wo man auch in der Frühe ankommen kann?"

„Gewiss. Ich zeige Ihnen den Weg."

Im Gasthof angekommen, fragt Strieben als Erstes, ob er einmal telefonieren darf. Die freundliche Wirtsfrau erlaubt es ihm gern. Strieben sieht auf die Uhr. Um die Zeit wird der Vater noch zu Hause sein. Entschlossen wählt er die vertraute Nummer.

Das Telefon wird schon nach dem ersten Klingeln abgehoben.

„Strieben", hört er die tiefe Stimme des Vaters.

„Ja, hier auch."

„Wo bist du, um Himmels willen? Geht es dir gut, mein Sohn?"

Die Besorgnis und Liebe in der Stimme seines Vaters treibt Strieben Tränen in die Augen. Er schluckt schwer. „Ja, Vater", sagt er leise. „Ich rufe von einem Hotel auf Pellworm an."

„Pellworm?!"

„Ja, ich habe gestern Abend völlig die Orientierung verloren und bin heute Morgen vor Pellworm gestrandet."

„Aber der Sturm?!"

Strieben schweigt einen Moment. „Gott hat

mich bewahrt, Vater!", sagt er dann, „und mich in den sicheren Hafen geführt."

„Gott sei Dank!", erwidert sein Vater nur. Doch die ganze Angst und Anspannung der vergangenen ungewissen Nacht zittern durch seine Stimme. „Wie geht es dir?", fragt er noch einmal.

„Gut, macht euch bitte keine Sorgen mehr. Ich fühle mich nur etwas zerknautscht von einer schlaflosen Nacht. Die Wirtin hier bereitet mir gerade ein Frühstück, anschließend möchte ich mich eine Stunde aufs Ohr legen und dann komme ich zurück. Gibst du mir in der Firma heute frei?"

Das Lachen seines Vaters klingt ein wenig heiser. „Aber gewiss, mein Sohn. Ruhe dich gut aus. Mutter lässt dich grüßen. Sie steht neben mir und weint vor Freude."

„Ich danke euch", murmelt Strieben und wischt sich Tränen aus den Augen.

Es ist später Nachmittag, als Strieben erwacht. Er hat tief und traumlos geschlafen und fühlt sich erfrischt. Dazu steigt köstlicher Fischduft aus der Küche zu ihm hinauf.

Strieben sieht zur Uhr und überlegt. Er braucht ein paar Stunden zurück in den Heimathafen der „Nebelwolke" und hat keine große Lust, sich hungrig auf den Weg zu machen.

Die Abendsonne wirft einen strahlenden Schein über das Wasser und ein sanfter Wind weht, als Strieben die Terrasse neben dem Gasthof betritt. Eigentlich ist das Wetter ideal zum Segeln.

„Da sind Sie ja", ertönt da eine vertraute Stimme hinter ihm. Es ist der alte Fischer, den Strieben am Morgen getroffen hat. „Haben Sie sich ein wenig erholt von den Strapazen Ihres Törns?

Strieben nickt. „Ja, vielen Dank! – Darf ich Sie zum Abendessen einladen?", fragt er kurz entschlossen. „Der Duft aus der Küche war schon geradezu verlockend."

„Gern."

Die beiden Männer setzen sich an einen der Tische.

Die Wirtin kommt zu ihnen. „Was darf es sein?", fragt sie.

„Können wir schon zu Abend essen?"

„Eine kleine Weile dauert es noch, aber Sie können schon bestellen. – Ihre Mutter hat angerufen, während Sie schliefen", wendet sie sich an Strieben. „Ihre Eltern schlagen Ihnen vor, ein paar Tage auf Pellworm zu bleiben und sich einmal richtig auszuruhen."

„Das ist eine gute Idee", lobt der alte Fischer. Er schaut Strieben mit seinen klaren Augen aufmerksam an. „Ihnen wird gewiss nicht langweilig werden. Ich kann Ihnen die Halligen zeigen.

„Einverstanden", sagt Strieben spontan. „Haben Sie denn ein Zimmer für mich für mehrere Tage?", wendet er sich an die Wirtin.

„Ja, Sie können Ihr Zimmer gern behalten, solange Sie bleiben möchten."

„Perfekt!"

Nach einem ausgezeichneten Essen lehnt sich der alte Fischer zurück. „Vielen Dank", sagt er.

„Es war mir wirklich ein Vergnügen", erwidert Strieben ehrlich. – „Sagen Sie, halten Sie es für möglich, dass Gott Ereignisse und Begegnungen zuweilen benutzt, um Menschen anzusprechen?", fragt er unvermittelt. „Menschen, die vielleicht auf den Ohren etwas schwerhörig geworden sind?"

„Davon bin ich restlos überzeugt", erwidert der Fischer, ohne zu zögern.

„Die Nacht im Sturm hat mich kräftig gepackt", gesteht Strieben mit einem verlegenen Lächeln. „Gestern bin ich nach einem heftigen Aufstand, den ich im Büro meines Vaters angezettelt hatte, ohne Gruß aus der Firma gestürmt. Tief im Inneren spürte ich, dass es keine gute Idee war, in dieser Verfassung aufs offene Meer hinauszusegeln, zumal das Wetter nicht gut war. Doch wie immer setzte ich meinen Kopf durch. – In unserem Haus hatte die Bibel immer einen wichtigen Platz. Mein Vater kennt sie gut und benutzte sie – so empfand ich es bisher immer – äußerst geschickt als Spaßbremse. Ich lehnte mich rücksichtslos dagegen auf. Heute glaube ich, dass ich meinen Vater völlig falsch verstanden habe. Meine Grenzen wollte ich austesten – und das bis zum Äußersten –, nicht einem alten Weg aus einem uralten Buch folgen.

Meine Auflehnung richtete sich bald gegen alles und jeden. Ich kämpfte gegen meinen Vater, der immer und überall zu wissen schien, was richtig war. Als Juniorchef schloss ich riskante Geschäfte ab, die schon jenseits der Grenze der Legalität waren. Die Sucht nach Macht und Einfluss beherrschte mich immer mehr und machte mich äußerst rücksichtslos gegen Feind und Freund."

Der alte Fischer unterbricht Strieben mit keinem Wort. Er sagt auch nichts, als dieser für einige

Minuten in Schweigen versinkt.

„Ich habe mich immer auf den Reichtum und meinen Intellekt verlassen, giere nach Erfolg und Einfluss – und verspotte dabei jede Autorität, die mir etwas sagen will."

Hilfesuchend schaut Strieben seinen Gesprächspartner an.

„Das ist doch kein Schicksal", erwidert dieser gütig.

„Was meinen Sie damit?"

„Sie haben Ihre Lage eben so klar und ehrlich offengelegt. Das ist gut. Aber dabei muss es doch nicht bleiben. Sie sehen, dass Gott deutlich mit Ihnen spricht. Kehren Sie um von Ihrem falschen Weg."

„Geht das denn so einfach?"

„Oh ja. Sie können hier und heute Gott Ihre Schuld bekennen und seinen Sohn, Jesus Christus, im Glauben als Ihren Retter annehmen. Wenn Sie Jesus Herr sein lassen in Ihrem Leben, gibt es mit der Zeit Heilung für Ihren falschen Maßstab und Ihre belasteten Beziehungen. Aber dass Sie sich zu Gott wenden, ist das Wichtigste überhaupt."

„Das will ich!", sagt Strieben ernst. „Ich habe ihn wirklich lange genug warten lassen!"

Kehrt um, kehrt um von euren bösen Wegen!
Hesekiel 33,11

Das Gastmahl

Winter um das Jahr 1500. Graf Bruno von Balthasar lebte seit einem Jahr mit seiner Familie auf der Granenburg, einer alten Feste hoch über den Fluten der Donau. Er hatte die Burg von einem entfernten Onkel geerbt, Graf Arhus, einem harten Mann, der wegen seiner finsteren Grausamkeit von Untergebenen wie Feinden gleichermaßen gefürchtet worden war. Doch unter der friedlichen Regentschaft Graf Brunos und seiner Frau lebten das Land und seine Bevölkerung auf.

Nun nahte der erste Jahrestag, seit Bruno die Burg bezogen hatte.

„Ich möchte ein Gastmahl halten für alle Freunde, alle Verwandten und Bekannten", sagte er seinem Hofmarschall. „Bitte sorge dafür, dass die Einladung rechtzeitig ergeht."

Der Hofmarschall eilte eifrig davon, um alles Nötige zu veranlassen. Wenige Stunden später ritten Kuriere hinaus in die angrenzenden Ortschaften, um die Einladung des Grafen zu überbringen.

Eifrig wartete Graf Bruno am nächsten Tag auf die Rückkehr der Boten. Einer nach dem anderen kehrte über die hölzerne Zugbrücke in die Burg zurück.

„Nun?", fragte Bruno gespannt, als der Hofmarschall seine Amtsstube betrat. „Für wie viele Gäste sind Vorbereitungen in der Küche zu treffen?"

Der Hofmarschall senkte betrübt den Kopf. „Herr Graf haben scheinbar keinen glücklichen Termin gewählt", begann er vorsichtig. „Die Gäste haben leider samt und sonders andere Pläne an jenem Tag. Die Boten haben leider keine einzige Zusage erhalten. Vielleicht sollten wir den Termin verschieben?"

Der Graf schüttelte verständnislos den Kopf. „Ich wollte sie bewirten mit dem Besten, was unser Hof und die Speisekammer zu bieten hat, aber ..."
Der Hofmarschall entfernte sich leise.

„Warum bist du so betrübt?", wandte sich die Gräfin beim Abendessen an ihren Mann. „Du isst ja gar nichts."

„Sämtliche Gäste haben meine Einladung abgelehnt. Jeder von ihnen hatte etwas Besseres vor."

„Nun", erwiderte die Gräfin nach kurzem Nachdenken, „gestatte mir, dass ich dir etwas vorlese." Sie nahm ein abgegriffenes, schweres schwarzes Buch zur Hand, schlug es auf und las:

„Ein gewisser Mensch machte ein großes Gastmahl und lud viele ein. Und er sandte seinen Knecht zur Stunde des Gastmahls aus, um den Geladenen zu sagen: Kommt, denn schon ist alles bereit. Und sie fingen alle ohne Ausnahme an, sich zu entschuldigen. Der erste sprach zu ihm: Ich habe einen Acker gekauft und muss hinausgehen und ihn mir ansehen; ich bitte dich, halte mich für entschuldigt. Und ein anderer sprach: Ich habe fünf Joch Ochsen gekauft, und ich gehe hin, um sie zu erproben; ich bitte dich, halte mich für entschuldigt. Und ein anderer sprach: Ich habe eine Frau geheiratet, und darum kann ich nicht kommen. Und der Knecht kam herbei und berichtete dies seinem Herrn. Da wurde der Hausherr zornig und sprach zu seinem Knecht: Geh schnell hinaus auf die Straßen und Gassen der Stadt und bring die Armen und Krüppel und Blinden und Lahmen hier herein.

Und der Knecht sprach: Herr, es ist geschehen, was du befohlen hast, und es ist noch Raum. Und der Herr sprach zu dem Knecht: Geh hinaus auf die Wege und an die Zäune und nötige sie hereinzukommen, damit mein Haus voll werde; denn ich sage euch, dass keiner jener Männer, die geladen waren, mein Gastmahl schmecken wird.

Lukas 14,16-24

Graf Bruno hatte aufmerksam zugehört. „Du meinst, ich sollte es jenem Herrn im Gleichnis gleichtun?"

Die Angesprochene zuckte lächelnd die Achseln.

Nachdenklich nickte Bruno. „Du willst mich an etwas erinnern, habe ich recht?"

Schnell gab er neue Anweisung. Wieder ritten die Kuriere hinaus, doch diesmal wurden die Armen und Obdachlosen, die Bedürftigen und Kranken eingeladen. Die Gräfin eilte in die Küche und kümmerte sich selbst mit den Mägden um die Vorbereitungen. Das ganze Haus war von festlicher Unruhe erfüllt, bis schließlich der große Tag des Gastmahls nahte.

Es war eine bunte Menge, die schließlich vor der Burgmauer Einlass begehrte, keine Edelleute, sondern ganz einfache Menschen, Gassenjungen, gebeugte Mütterchen, arme Arbeiter mit schwieligen Händen, gekleidet in einfaches graues Tuch. Sie bevölkerten die große Halle und den Burghof, nahmen mit staunenden Augen wie Kinder die Köstlichkeiten in Empfang, die ihnen aus der Küche gereicht wurden.

Mit lächelndem Gesicht wanderten Graf und Gräfin zwischen den Gästen umher.

„Ich weiß es wohl, meine Liebe, und will es nie wieder vergessen", wandte sich der Graf an seine Gemahlin. „Wie diese armen Menschen vor mir, die nichts zu bringen haben, keine Würde, keine Ehre, kein Gastgeschenk, so waren wir einst alle vor Gott. Vor Gott sind alle Menschen gleich. Jeder ist bedürftig und braucht die Gnade Gottes. Und zu Gott darf jeder kommen. Jeder ist eingeladen! Aber jeder muss kommen, zugreifen. Gott lädt uns ein. Es ist gut, immer wieder daran zu denken. Und sei es mit einem jährlichen Fest!"

Und so kam es, dass in der Granenburg zu Beginn jedes Winters ein Fest gefeiert wurde, an dem die Armen, die Leute auf den Straßen, die Bedürftigen und Obdachlosen teilnehmen durften. Und darüber hinaus jeder, der wollte.

Jesus sprach: Ich preise dich, Vater, Herr des Himmels und der Erde, dass du dies vor Weisen und Verständigen verborgen und es Unmündigen offenbart hast. Ja, Vater, denn so war es wohlgefällig vor dir.

Matthäus 11,25.26

Die Botschaft des Narren

„**D**er Hofnarr Albert, mein Herzog", meldet der Diener. Es ist später Abend.

Ungeduldig schaut der Herzog auf. „Ich habe dir gesagt, dass ich in dieser Stunde nicht gestört werden will", donnert er.

Der Diener wird sichtbar kleiner unter dem ärgerlichen Blick seines Herrn. „Der Hofnarr sagt, es ginge um Tod und Leben, mein Herzog. Um Euren Freund, Euren Lehnsmann vom Willstein."

„Willstein?" Der Herzog überlegt. Willstein ist in einer wichtigen geheimen Angelegenheit unterwegs, die von höchstem politischen Gewicht für das Herzogtum ist. Doch was hat der Narr damit zu tun?

„Soll eintreten."

Der Diener verneigt sich, als sich auch schon der Hofnarr atemlos an ihm vorbeidrängt.

„Was gibt es?"

Der Hofnarr verneigt sich tief vor dem Herzog. „Willstein!", keucht er. „Er ist auf dem Rückweg in einen Hinterhalt eures Feindes geraten und wird in dessen Burg gefangen gehalten."

„Woher weißt du das?"

„Ein Einziger seiner Leute ist entkommen. Der Schreiber, der stumme Gerard! Und er kam zu mir, weil ich der Einzige am Hof bin, der ihn versteht."

Der Herzog sieht seinen Narren lange an. ‚Albert weiß viel – gefährlich viel', überlegt er. ‚Und er ist doch nur ein Leibeigner. Er trägt das Halseisen seit seiner Geburt. Unterhaltsame Geschichten weiß er wohl zu jeder Tages- und Nachtzeit. Wie es seinem Amt entspricht. Ein rechtloser Niemand. Und dennoch klug und besonnen wie keiner sonst am Hof. Und loyal.' Denn Albert hat schon unter dem Vater des Herzogs gedient, der in dem Ruf stand, der weiseste Mann im ganzen Frankenreich zu sein. ‚Der Umgang prägt', denkt der Herzog. All das geht ihm in Sekundenschnelle durch den Kopf.

„Gerard mag sich ausruhen, morgen früh brecht ihr auf, dass er euch zu seinem Herrn führt."

„Wer, mein Herzog?"

„Du wirst mein Bote sein, Hofnarr! Zu diesem Zweck werde ich das Eisen von deinem Hals entfernen und nie mehr anlegen!"

Der Narr erbleicht. „Aber warum, Herr?"

„Weil es mir so gefällt! Du wirst ein Lösegeld in deiner Hand mitnehmen, Hofnarr, und Willstein in meinem Namen auslösen, hörst du!"

Der Hofnarr verneigt sich tief.

Ein Lächeln huscht über das Gesicht des Herzogs. „Ich weiß keinen, der für diesen schweren Auftrag besser geeignet wäre als du, Albert, denn die Ausbildung bei meinem Vater befähigt dich!"

Am nächsten Morgen erwacht der Hofnarr schon vor Tagesanbruch. Zitternd, tastend gleiten seine Finger über das Halseisen. Nur noch wenige Augenblicke, dann wird der Schmied das Schloss öffnen. Er wird frei sein, um als Bote und Vertreter des Herzogs auftreten zu können! Frei. Albert lauscht diesem Wort nach. Und dann ist es so weit. Frei darf er jetzt sein Kopf in der Höhe tragen, als freier Mann, doch dankbar und demütig wie bisher, das nimmt er sich fest vor in diesem Moment.

Der Herzog überreicht seinem Boten Albert ein doppelt gefaltetes Schriftstück mit dem Siegel des Königs. Ein Diener bringt ein Säckchen mit Goldstücken. Als Lösegeld für Willstein. Albert sitzt auf. Eine fünfzehn Mann starke berittene Truppe und der stumme Schreiber Gerard begleiten ihn.

„Gutes Gelingen!" Der Herzog schaut Albert ernst an. „Ich verlasse mich auf dich."

Fast eine Tagereise weit ist der Weg zur feindlichen Burg. Der Pfad führt durch dunkle Tannenwälder und unwegsame Straßen, weit bergan, bis bei Anbruch der Dämmerung sich die Silhouette der Burg gegen den roten Abendhimmel abzeichnet. Es wird Zeit, ein geeignetes Nachtlager zu suchen. In der feindlichen Umgebung können sie nur ein niedriges Feuer entzünden, um nicht bemerkt zu werden.

Albert sitzt ab. Er überlegt. Schmiedet Pläne, verwirft sie wieder. Unruhig marschiert er unter den hohen Tannen auf und ab. Endlich kehrt Stille ein im Lager. Nur Albert ist noch wach. Im Schein des niedrigen Feuers überdenkt er noch einmal sein Vorhaben.

Da nähert sich Gerard, der Schreiber, dem Feuer.

„Willst du mir etwas sagen?", fragt Albert.

Der Stumme nickt eifrig. Er nimmt so Platz, dass sein Gesicht vom Feuer beschienen wird. Dann formt er mit seinem Mund langsam Silben. Albert liest sie ihm laut von den Lippen ab:

„Dich beschäftigt deine neue Situation. Du bist freigemacht, um einen großen Auftrag auszuführen. Aber das hat eine doppelte Bedeutung, ist ein Gleichnis für dein ganzes Leben."

Albert nickt.

„Und du bist gesandt, um einem anderen die Freiheit zu verkünden. Du kommst im Namen eines Stärkeren. Verstehst du? Kennst du die Botschaft der Bibel?" Der Stumme schaut ihn aufmerksam an, fast zwingend. Plötzlich begreift Albert, was Gerard ihm sagen will.

„Du – du meinst, das ist meine Situation als Christ?"

Gerard nickt. Und wieder liest ihm Albert von den Lippen: „In der Bibel sagt uns Gott: Ich habe euch freigekauft! Ihr seid nicht mehr unter der Macht des Teufels!"

Albert senkt den Kopf. Ja, dieses Urteil der Bibel ist wahr. Albert weiß, dass er ein Sklave der Sünde war, bevor er Jesus Christus kennengelernt hat. Doch nun ist die Kette des Teufels zerbrochen und er muss nicht mehr dem Bösen dienen.

„Gott hat deine Schuld gelöscht, weil Jesus, der Herr, Gottes Sohn, deine Schuld am Kreuz bezahlte", artikuliert der Stumme mühsam mit den Lippen. „Du bist frei vor Gott, so wie du seit heute frei bist vor dem Herzog. Doch du bist nicht frei, um für dich selbst zu leben, sondern um im Auftrag Gottes, deines neuen Herrn, auch anderen die Freiheit zu bringen, so wie du heute unterwegs bist, um Willstein zu retten. Hörst du, leb nicht für dich selbst! Erfülle den Auftrag des Herzogs, aber erfülle noch mehr den Auftrag Gottes, indem du anderen von ihm erzählst!"

Der stumme Schreiber nickt noch einmal, wie zur Bestätigung dessen, was ihm Albert von den Lippen gelesen hat.

Bewegt und nachdenklich bleibt Albert am Feuer zurück. Und ihm ist, als höre er noch die Worte des alten Herzogs, durch den er zum Glauben an Gottes Liebe und erbarmende Gnade gekommen war.

Albert faltet seine Hände. „Herr", betet er. „Ewiger Gott, du hast mich gerettet und freigemacht, damit ich dein Bote sein sollte, auch anderen die Freiheit zu bringen, so wie mich der Herzog heute sendet, um Willstein die Freiheit zu bringen. Hilf mir, für deinen Auftrag zu leben, den du uns, deinen Jüngern, gegeben hast."

Ein klarer Morgen bricht an. Finster und drohend erhebt sich die Burg des Feindes vor ihnen. Stark und fast uneinnehmbar. Albert sucht den Blick des Stummen. Er nickt ihm unmerklich zu, als sie sich langsam dem Gipfel nähern. Albert lässt den Tross warten. Das Lösegeld haben sie gut versteckt, als er sich langsam mit einer weißen Fahne dem Burgtor nähert.

„Ich bin Gesandter des Herzogs!", ruft er laut. „Bringt mich zu eurem Herrn."

Rasselnd setzt sich die Zugbrücke in Bewegung. Und das Burgtor wird geöffnet.

Albert atmet tief durch. Eine Falle? Gleichgültig, er muss es wagen. Langsam reitet er über den Burggraben. Laut hallt das Geklapper der Hufe wider in der stillen Bergeinsamkeit. Bewaffnete Ritter umringen ihn und das Burgtor wird geschlossen. Albert steigt ab und findet sich einem kraftvollen dunkelhaarigen Mann in prächtiger Kleidung gegenüber: Graf Duriac – der ewige Widersacher des Herzogs.

„Es scheint, als habe der Herzog nun zwei Gefangene auszulösen", bemerkt der Graf spöttisch. Eine Handbewegung – und seine Leute stürzen sich auf Albert.

„Gemach, Herr Graf", sagt Albert, und es gelingt ihm, seiner Stimme Festigkeit zu geben. „Ein kluger Regent hört doch zunächst, was sein Gegner zu sagen hat."

Der Graf mustert ihn mit höhnischem Blick. „Ich verhandle nicht mit Hofnarren."

„Das sollten Sie aber!" Mit einer energischen Bewegung macht sich Albert frei und zieht das Siegel des Herzogs aus seiner Tasche hervor. „Sie werden mit mir verhandeln, Graf, oder der Herzog wird mit seinem ganzen Heer anrücken und Ihre Burg dem Erdboden gleichmachen! Mag sein, ich bin ein jämmerlicher Bote. Ein Narr! Aber Ihr seid ein Narr, wenn Ihr nicht einlenkt. Achtet nicht auf den Boten, sondern auf den, der ihn schickt!"

Duriac mustert den Narren mit überraschtem, fast belustigtem Blick.

„Na schön! Bringt den ‚Gesandten' des Herzogs in den grauen Saal!", befiehlt er seinen Wachen.

„Nun sprich, Narr! Aber ich warne dich, mach es kurz!"

Der Narr verneigte sich. „Der Herzog ist bereit, für seinen Lehnsmann Willstein ein Lösegeld in Höhe eines Sackes von Goldstücken zu bezahlen. Übergabe, das Gold im Austausch für den Gefangenen, findet jenseits der Burg am Rand des Waldes statt. Solltet Ihr nicht einwilligen oder mich nicht binnen zwei Stunden zu meinen Leuten zurückkehren lassen, so setzt sich das gerüstete

Heer des Herzogs in Bewegung. Sämtliche Zuwege zur Burg werden überwacht. Überlegt gut, Herr Graf."

Duriac hat der Rede des Narren mit wachsender Verblüffung gelauscht. Wer ist dieser Narr, der spricht wie ein umsichtiger Kriegsmann?

„Ein Beutel Gold, sagst du?"

„Ein Beutel Gold für Euch!"

Duriac nickt. Auf eine Auseinandersetzung mit dem Herzog will er es im Grund nicht ankommen lassen. Wozu auch?

„In zwei Stunden bringen wir Willstein zu euch hinaus! Du kannst gehen!"

Unsagbar erleichtert besteigt Albert sein Pferd und verlässt die Burg.

Zwei Stunden später ist Willstein frei und die Kämpen des Grafen kehren mit dem Lösegeld in die Burg zurück.

„Nichts wie nach Hause", sagt Willstein dankbar. „Gut gemacht, Narr, dass du mir die Freiheit gebracht hast!"

„Konnten Sie Ihren Auftrag für den Herzog ausführen?", fragt Albert besorgt.

„Du weißt davon?"

Der Narr nickt stumm. Willstein muss ja nicht wissen, dass die geheime Mission seine, Alberts, Idee war, die er dem Herzog geschickt nahegelegt hatte.

„Ja, ich konnte den Auftrag ausführen", erwidert Willstein und fasst in seine Brusttasche. „Der Krieg und großer Schaden konnte von unserem Land abgewehrt werden."

„Gott sei Dank!", sagt Albert froh.

Die Botschaft des Narren

Wer aber in das vollkommene Gesetz, das der Freiheit, nahe hineinschaut und darin bleibt, indem er nicht ein vergesslicher Hörer, sondern ein Täter des Werkes ist, der wird glückselig sein in seinem Tun.

Jakobus 1,25

Trügerische Waagschalen sind dem HERRN ein Gräuel, aber volles Gewicht ist sein Wohlgefallen.

Sprüche 11,1

6. Der Fall Johann Wittenborg

Der Fall Johann Wittenborg

Lübeck um das Jahr 1346. Der Kaufmann Johann Wittenborg sitzt noch allein im flackernden Schein der Öllampe in seinem Kontor über seinem Rechnungsbuch, das er stets eigenhändig führt. Immer. Sorgfältig verbucht er Gewinne und Verluste, Einkäufe und Verkäufe.

Die Geschäfte sind zunehmend erfolgreich, nachdem Johann die Nachfolge seines Vaters, des würdigen Hanse-Kaufherrn Herman Wittenborg übernommen hat. Johann könnte zufrieden sein. Doch es gibt da eine mächtige Unruhe in ihm, die ihn vorwärts treibt, mehr, immer mehr zu erreichen!

Er horcht. Die Nacht ist ganz still. Er ist allein. Mit zitternden Fingern löst er einen feinen silbernen Schlüssel von seinem Bund und eilt, den Leuchter in der Hand, hinüber in die schmale Kammer, deren Zugang hinter der Bücherwand verborgen ist. Eine schmale Truhe, schlicht, aus nachgedunkeltem Eichenholz. Wittenborg stellt den Leuchter auf die Erde, dann kniet er vor der Truhe nieder, öffnet das Schloss und hebt den Deckel an. Gold, die Truhe ist bis zum Rand gefüllt mit Goldmünzen! Wittenborgs Augen glänzen fiebrig, als er mit den Händen in seinen Schätzen gräbt ...

Jahre sind vergangen, ereignisreiche Jahre. Die Heirat mit einer jungen Frau aus einer zwar verarmten, aber angesehenen Ratsfamilie hatte Johann schon 1343 den Weg in die höchsten Verwaltungsämter geöffnet. Und seit er im Jahr 1350 – im Alter von noch nicht 30 Jahren – in die Ratsversammlung der Stadt gewählt worden war, ging es mit seiner Karriere steil bergauf.

Für viele seiner Bekannten, Nachbarn und Freunde war es eine schlimme Zeit, als die Pest, eine Geißel des Mittelalters, auch Lübeck erreichte. Doch die Familie Wittenborg war verschont geblieben.

Wir schreiben das Jahr 1361. Seit einiger Zeit ist Johann Wittenborg Bürgermeister von Lübeck. Die Truhe in seinem geheimen Kontor ist inzwischen mehr als doppelt so groß. Jede Nacht läuft Wittenborg hinüber und wühlt in seinen Schätzen. Doch vor seiner Familie, seinen Freunden und den Ratsmitgliedern der Stadt wahrt er sein Gesicht und den ehrbar bescheidenen Schein.

Einer von Wittenborgs Leuten bringt alarmierende Botschaft aus dem Hafen mit: Waldemar Atterdag, der dänische König, hat den wichtigen Handelsstützpunkt Visby auf Gotland überfallen und erobert. Das schafft ganz neue Machtverhältnisse in der Ostsee und wird den Handel der Hanse-Kaufleute empfindlich stören. Sorgenvoll geht Wittenborg in seinem Kontor auf und ab. Es muss etwas unternommen werden.

Auf dem Hansetag in Greifswald hält Wittenborg eine flammende Rede. Die Hanse-Kaufleute müssen gemeinsam gegen den Dänenkönig Waldemar und seine Leute kämpfen! Ihre Gewinne stehen auf dem Spiel. Schnell wird ein entsprechender Beschluss gefasst. Johann Wittenborg segelt als Kommandant mit einer Flotte von umgebauten Handelsschiffen dem Dänenkönig entgegen. Doch die Belagerung der wichtigen Meerenge zwischen Ost- und Nordsee wird zu einem Fiasko.

Viele seiner Leute geraten in Gefangenschaft und müssen mit riesigen Lösegeldern freigekauft werden. Der Kriegszug gegen Waldemar Atterdag ist ein einziger Misserfolg! Gedemütigt und beschämt kehrt Johann Wittenborg nach Lübeck zurück. Wie soll es weitergehen?

Doch es kommt noch schlimmer für Wittenborg. Hat sein „Glück" ihn ganz verlassen? Eines Abends, bei Nacht und Nebel, stehen dunkel gekleidete Gestalten vor seiner Tür und begehren Einlass.

„Was wollt Ihr?", fragt Johann angstvoll.

Einer der Männer zieht stumm ein gerolltes Papier aus seinem Wams. Es trägt Siegel und Wappen des Rates von Lübeck.

„Kaufmann Johann Wittenborg, Ihr seid verhaftet! Eure Bücher sind beschlagnahmt."

„Aber warum? Warum denn?"

„Kommt mit!"

Freunde und Familie des verzweifelten Kaufmanns versuchen in der Folgezeit alles, um seine Freilassung zu erreichen oder doch wenigstens den Grund für seine Verhaftung zu erfahren. Die Niederlage in der Schlacht gegen den Dänenkönig kann es nicht allein sein. Was dann?

Der Rat der Stadt Lübeck und die Chroniken aus jener Zeit schweigen. Wittenborg wurde in aller Geheimhaltung der Prozess gemacht. Erst Historiker von heute rekonstruierten das Leben des Johann Wittenborg. Sein Rechnungsbuch, das bis heute erhalten ist, enthält seltsame Unregelmäßigkeiten. Einige Seiten sind herausgeschnitten. Manche seiner geschickt verschleierten Geschäfte zeigen bei genauem Hinsehen, dass Wittenborg zu Wucherzinsen Geld verliehen hat. Sogar an den Kirchengeldern, die unter seiner Verwaltung waren, soll er sich bereichert haben! Ein öffentlicher Prozess hätte dem Ansehen der Hanse-Kaufleute, die nach dem Prinzip „ere ind geloven" (Ehre und Glaubwürdigkeit) handelten, schwer geschadet.

Wittenborg hätte als glücklicher Familienvater, erfolgreicher Kaufmann, Ratsherr und Bürgermeister ein zufriedener Mann sein können, doch die Gier nach „mehr" trieb ihn vorwärts und am Ende verlor er alles.

Nicht umsonst warnt die Bibel, Gottes Wort, vor der Habgier. Sie ist nicht harmlos, sondern kann das ganze Denken gefangen nehmen und vergiften. Leuten, die an Jesus Christus, den Gottessohn glauben, will Gott tiefe Zufriedenheit ins Herz schenken. Gott weiß ganz genau, was wir nötig haben und darum dürfen wir ihn jederzeit bitten.

> *Wer sein Vermögen durch Zins und Wucher mehrt, sammelt es für den, der sich des Geringen erbarmt ... Ein missgünstig blickender Mann hascht nach Reichtum, und er erkennt nicht, dass Mangel über ihn kommen wird.*
> Spruche 28,8.22

[Die Hanse war eine mächtige und politisch wichtige Vereinigung von Kaufleuten bedeutender Handelsstädte. Sie unterhielten Handelskontoren z. B. in Lübeck, Hamburg, Bremen, London, Nowgorod und Riga. Die Hanse bestand vom 13. bis zum 17. Jahrhundert und kontrollierte während ihrer Hochblüte den gesamten Ostseehandel und Teile des Nordseehandels von Russland bis Belgien. Sie genoss in einigen Ländern besondere Privilegien wie Zollfreiheit oder -Ermäßigung.]

Der Fall Johann Wittenborg

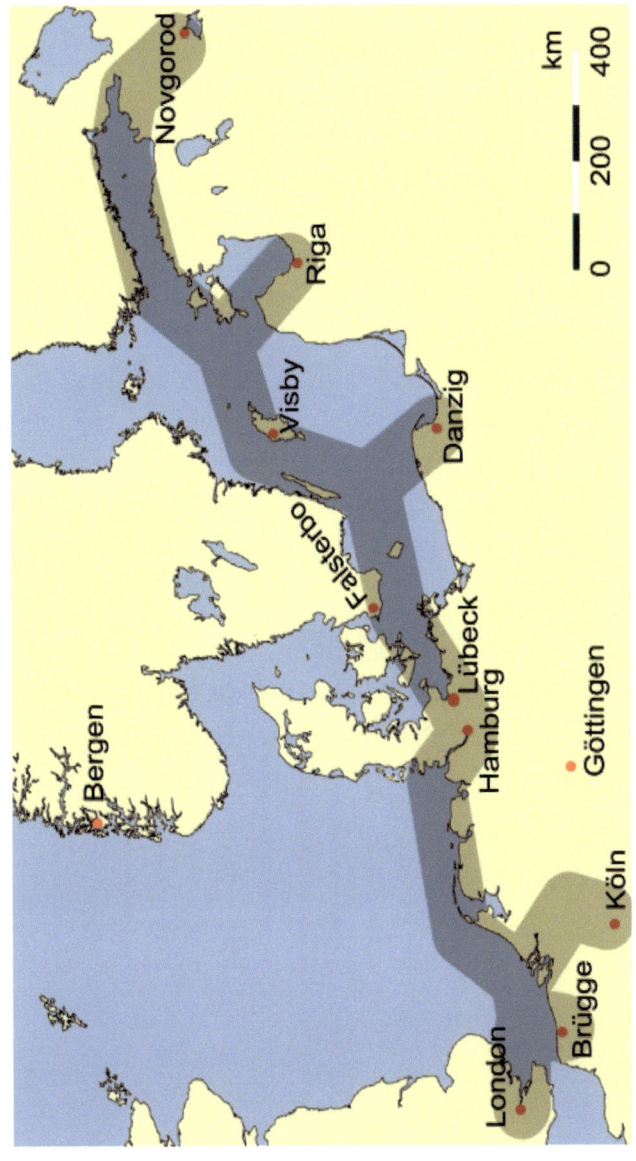

Im Schatten der Vergangenheit

An diesem Morgen lag das Meer ruhig und fast unbeweglich. Maria beschirmte ihre Augen mit der Hand und schaute weit hinaus auf das glitzernde Meer.

Sie richtete sich plötzlich auf, ihre zierliche Gestalt schien zu wachsen, als sie ganz in der Ferne, wo der Horizont mit dem Meer verschwamm, etwas wahrnahm, undeutlich, wie einen Schatten. Atemlos blieb sie stehen, schaute, wohl eine Viertelstunde lang. Vor dem zartblauen Hintergrund hob sich nun deutlich ein Schiff ab, ein majestätischer Segler, ein Dreimaster, der auf die Küste zuhielt. Sie zitterte vor Erwartung. Doch dann, nichts mehr. Der Segler war offenbar weit draußen vor Anker gegangen.

Enttäuscht ließ Maria die Schultern sinken. Langsam, mit schweren Schritten kehrte sie nach Hause zurück.

Das niedrige Häuschen lag geduckt, so als wolle es seine rissigen alten Mauern verstecken, inmitten eines blühenden Gartens. Rosa, rote und violette Stockrosen, Rittersporn und Sonnenhut wuchsen fast bis zum niedrigen Schieferdach hinauf. Glutrote Kletterrosen umrankten die weiße Bank vor dem Haus. Blütenweiße kurze Gardinen hingen vor den viereckigen Butzenscheiben.

Maria ging ins Haus und holte die alte zerlesene Bibel. Sie nahm draußen auf der rosenumrankten Bank in der Sonne Platz, das schwere aufgeschlagene Buch auf den Knien, und begann zu lesen.

Maria musste eingenickt sein. Sie erwachte, als ein Schatten auf sie fiel. Verwirrt blinzelnd schaute sie auf, blickte in ein tief gebräuntes Gesicht, das ihr so vertraut war!

„Johann!" Mit einem Satz war Maria auf den Beinen, sie umarmte ihren Neffen. Schmunzelnd drückte der blonde Hüne sie an sich.

„Wo kommst du her? Ich habe so sehr auf dich gewartet", sprudelte Maria hervor. Dann betrachtete sie seine schmucke weiße Uniform.

Johann bemerkte ihren Blick. „Ich bin zweiter Offizier auf der Prudentia, einem Dreimaster, der draußen vor Anker liegt. Der Hafen ist viel zu klein für uns, aber mit dem Beiboot bin ich übergesetzt, um nach meinem Tantchen zu schauen."

„Und nach deiner Mutter."

„Meiner Stiefmutter", erwiderte Johann scharf und ein harter Zug ließ sein junges Gesicht wie in Stein gemeißelt erscheinen. „Sieghild hat gewiss keine Sehnsucht nach mir", fügte er sanfter hinzu. „So wenig wie ich nach ihr."

Maria nickte. Es war ihr nicht entgangen, dass Johann mit seiner jungen Stiefmutter nicht harmonierte. Das erleichterte ihr das Ansinnen, das sie dem jungen Mann stellen wollte, stellen musste.

„Setz dich zu mir", sagte sie liebevoll.

„Wie geht es dir?", fragte Johann, nachdem er ein wenig von seiner Reise berichtet hatte. „Es – nun, es scheint sich allerlei verändert zu haben, seit ich fort bin."

Maria lacht leise. „Du meinst, warum ich hier unten im Dorf lebe, anstatt oben im Gutshaus."

„Nun ja, ich habe erst hier im Dorf davon erfahren. Hat Sieghild dich rausgeekelt? Aus deinem Elternhaus!"

„Ganz so einfach ist es nicht." Maria zögerte noch einen kurzen Moment, dann sagte sie leise, doch mit fester Stimme: „Ich bin als Diebin von Thornheld verjagt worden."

„Das ist doch ...!" Johann vollendete den Satz nicht. Die Zornesader auf seiner Stirn schwoll an. „Warum hast du mich nicht gerufen – ich, ich hätte dir doch dein Recht verschafft!"

„Ich weiß – und danke dir, Johann! Doch Sieghild hat mir nicht gesagt, wo du dich damals aufhieltst."

„So werde ich mich jetzt darum kümmern, dass dir Gerechtigkeit widerfährt!"

„Was liegt an meiner Gerechtigkeit? Die meisten Menschen hier im Dorf halten zu mir. Aber dass die Menschen oben im Gutshaus und in der Stadt mit Fingern auf mich zeigen und sagen: Diese Frau, die als fromm und gläubig galt, ist auch nur eine gemeine Diebin. Das verunehrt meinen Herrn und Retter Jesus Christus."

Johann hatte den Kopf tief gesenkt. „Erzähl mir, was geschehen ist", bat er.

Maria schwieg einen Moment. Die hässliche Szene von damals erschien so deutlich vor ihren Augen, als wäre es gestern geschehen:

Es war an einem Frühsommertag im Mai. Die Rhododendronbüsche vor dem Haus standen in voller Blüte. Bienen summten emsig im Sonnenlicht. Maria hatte wunderbar geschlafen und betrat heiter das kleine Frühstückszimmer über der Terrasse, das die beiden Frauen benutzten, seit Arthur Thornheld vor drei Jahren gestorben war und Thornhelds Sohn Johann zur See fuhr. Arthurs zweite Frau Sieghild stand am Kopf der schmalen Tafel, neben ihr Rolf, Sieghilds Neffe, der zur Zeit auf Besuch in Thornheld weilte. Sieghilds Miene war düster und umwölkt. Mit grimmigem Blick schaute sie Maria entgegen.

„Du hast uns bestohlen", zischte sie, sobald die Dienerschaft den Raum verlassen hatte.

Marias Gesicht erglühte vor Zorn. Mit großer Mühe hielt sie eine heftige Antwort zurück, während sie ein Stoßgebet zum Himmel sandte und im gleichen Moment fühlte, dass sie wieder tief durchatmen konnte. Ruhig erwiderte sie den feindlichen Blick von Schwägerin und Neffe.

„Was fehlt?", fragte sie.

„Das weißt du doch genau", schnaubte Sieghild.

„Nein."

„Arthurs goldene Uhr, die er Johann hinterlassen hat, und das Diamantarmband mit den Smaragden, das zum Familienschmuck der Thornhelds gehört."

„Natürlich hast du es genommen", warf Rolf ein. „Wir verstehen es ja auch. Du bist neidisch, weil Sieghild Herrin auf Thornheld ist und du nur die unverheiratete Schwester. Da wolltest du dir wenigstens den Schmuck sichern."

Er lächelte sein schmeichlerisches Lächeln. Der junge Mann sah gut aus, doch Maria hatte von Anfang an etwas in seinem unsteten Blick gestört.

„Du irrst dich, Rolf. Ich bin nicht neidisch auf deine Tante. Und mir liegt nichts an Schmuck! Oder hast du mich je welchen tragen sehen?"

Das musste Rolf verneinen.

„Schluss der Debatte!", forderte Sieghild herrisch. „Du bist die Einzige außer mir, die einen Schlüssel zu Arthurs Arbeitszimmer besitzt. Die Schatulle in seinem Schreibtisch war aufgebrochen. Weißt du womit?"

Maria schüttelte den Kopf. Sie war blass bis in die Lippen.

„Eine deiner Haarnadeln lag auf dem Schreibtisch", versetzte Sieghild triumphierend. „Du gehst jetzt besser auf dein Zimmer. Ein Diener wird dir das Frühstück hinaufbringen."

Es erschien Maria alles wie ein böser Traum. Ohne ein Wort wandte sie sich ab und verließ den Raum.

Den ganzen Tag hatte sie ihr Zimmer nicht verlassen, als gegen Nachmittag das Zimmermädchen bei ihr klopfte.

„Der Notar, Herr Dr. Mansfeld möchte Sie sprechen."

Das Mädchen sah teilnahmsvoll in Marias blasses Gesicht. Maria war beliebt bei den Leuten, weit mehr als Sieghild und Rolf.

Doktor Mansfeld brachte ein offizielles Schreiben. Maria sollte binnen 24 Stunden das Haus verlassen. In diesem Fall wolle man von einer öffentlichen Anzeige absehen.

Maria brauchte nicht einmal 24 Stunden. Noch am selben Abend siedelte sie in das Fischerhäuschen unten im Dorf über, das ihr seit Tante Margittas Tod gehörte. Es stand leer, seit die letzte Pächterin vor einem halben Jahr verstorben war.

„Und weiter?", fragte Johann gespannt.

„Nichts weiter. Seitdem lebe ich im Dorf."

„Hast du niemals Nachforschungen angestellt?"

„Nein. Ich hatte ja keinen Zutritt mehr zum Gutshaus. Und die Indizien zeugten gegen mich."

„Ach, Unsinn", versetzte Johann ärgerlich. „Jeder hätte Sieghild den Schlüssel zu Vaters Arbeitszimmer entwenden können. Sie war nie besonders sorgfältig mit ihren Sachen. Vielleicht war es jemand von den Dienstboten."

„Du vergisst die Haarnadel."

„Ach, Tantchen", Johann legte lächelnd den Arm um sie. „Wenn du in Vaters Arbeitszimmer gegangen wärst – was dir im Übrigen kein Mensch zu verwehren hat, solange ich lebe –, wärst du bestimmt nicht so schusselig, deine Haarnadel dort zu verlieren."

Maria musste lachen. „Nein."

„Rolf?", fragte er.

„Das vermute ich", gab Maria leise zu. „Aber ich habe keinerlei Beweise. Ich – ich möchte ihm nicht Unrecht tun."

Johann stand auf. „Ich werde einige Erkundigungen einziehen", versetzte er. „Mach dir keine Sorgen, Tantchen! Vertrau auf den Herrn. Er wird deine Sache führen."

„Daran habe ich jeden Augenblick geglaubt", erwiderte Maria lächelnd. Freudig sah sie zu ihrem Neffen auf.

Zwei Tage waren vergangen. Maria ging in Ruhe ihrer Arbeit nach. Sie wusste ihre Angelegenheit in doppelt guten Händen. Am dritten Tag wurde morgens verstohlen an ihre Tür geklopft. Maria sprang auf und öffnete.

„Du kommst zu mir?", fragte sie voller Erstaunen.

Ihre Besucherin fragte leise: „Darf ich eintreten?"

„Sicher, komm herein, Sieghild." Sie bot ihrer Schwägerin einen Stuhl an.

„Nein, nein, lass mich stehen, ich – ich muss dir sagen, ich habe dir bitter Unrecht getan", brachte Sieghild hastig hervor. „Rolf war gestern Abend bei mir. Er hat gestanden, nun, dass er die Uhr und den Schmuck genommen hat, weil er Schulden hatte – und mit der Nadel wollte er den Verdacht auf dich lenken. Es ist so, so niederträchtig. Und ich habe ihm geglaubt!"

Sieghild sank auf einen Stuhl. Maria sah mitleidig auf sie herab. Sie wusste, dass Sieghild ihren Neffen sehr liebte, weil sie selbst keine Kinder hatte.

„Ich – im Grunde meines Herzens wusste ich doch, dass du es nicht warst, aber die Beweise ... Verzeihst du mir, Maria?"

Die Angesprochene schwieg. Ihr Gesicht war bewegt und sie dankte Gott in ihrem Herzen.

Sieghild sprang auf. „Bitte, Maria, gib mir noch eine Chance! Ich war hart und hässlich zu dir, von Anfang an. Aber die einsamen Jahre allein im Haus – es war schrecklich. Bitte komm zurück, Maria. Ich – ich möchte dir jetzt eine Schwester sein."

Maria nahm ihre Schwägerin impulsiv in den Arm. „Ich verzeihe dir", sagte sie.

„Die letzte Nacht war die schrecklichste meines Lebens", erzählte Sieghild. „All meine Unerbittlichkeit, mein Geiz, meine Habgier standen vor mir auf und klagten mich an. Ich habe Jesus diese Schuld im Gebet bekannt, so wie es Schwiegerpapa uns immer gesagt hat!"

Am Abend des Tages saßen Sieghild, Maria, Johann und Dr. Mansfeld noch lange auf der Terrasse des Gutshauses beisammen, bis die Dunkelheit anbrach und glitzernde Sterne am Himmel erschienen.

„Wie hast du das fertig gebracht, lieber Johann?", fragte Maria leise.

„Einige Erkundigungen genügten", versetzte Johann lächelnd. Es war leicht herauszufinden, dass Rolf damals und danach noch oft Schulden hatte. Er ist ein Feigling und gestand sofort, als ich ihm Straffreiheit zusicherte."

Maria nickte lächelnd. „Danke, Johann."

„Gott ist es, der unsere Wege führt und uns am Ende Recht verschafft, wenn wir ihm vertrauen", sagte der junge Mann bewegt. „Zu seiner Ehre!"

Der HERR übt Gerechtigkeit und verschafft Recht allen, die bedrückt werden.
Psalm 103,6

Weißes Gold

„**S**chiff in Sicht!", ruft der Matrose vom Ausguck der Lady Mae. „Zwei kleine Segler nähern sich von Backbord. Nein drei, vier! Es sind Schaluppen."

Beunruhigt hebt Kapitän Frederic Farleign sein Fernglas an die Augen. Er wird blass. „Schwarze Fahnen! Es sind Piraten!"

„Mit vier Schaluppen können wir es doch aufnehmen", meint Ben, der Steuermann, ein bulliger, untersetzter Seemann aus Nordengland.

„Ich will kein Blutvergießen", sagt Farleign bestimmt. „Das ist mir die Ladung nicht wert. Lassen Sie alles an Segeln setzen, was wir haben", wendet er sich an seinen Ersten Offizier.

Dieser gibt die Ordres sofort weiter, die blitzschnell und geübt ausgeführt werden. Der Wind füllt die zusätzlichen Segel. Tief pflügt die schwer beladene Fregatte durch die unruhige See.

„Feigling", murrt Ben, aber so leise, dass der Kapitän ihn nicht versteht. „Wir werden die Schaluppen nicht abschütteln. Sie sind wendiger als wir!"

Ludwig Maiburg, ein junger Kaufmann aus Sachsen, beobachtet den weißhaarigen besonnenen Kapitän und den wütenden Steuermann aufmerksam. Es ist seine erste weite Seereise. In einem chinesischen Hafenort hat die Fregatte wertvolle Gewürze und kostbares chinesisches Porzellan geladen, darunter eine kostbare Vase für den sächsischen Königshof, von deren Verkauf sich Ludwig einen hübschen Gewinn erhofft.

„Die Schaluppen holen auf", brummt Ben.

Der Kapitän nickt. „Wir hissen die weiße Fahne!", ordnet er an.

Ohne Zögern lässt der Erste Offizier auch diesen Befehl ausführen.

Ben wirft ihm einen zornigen Blick zu. „Wozu haben wir Kanonen an Bord? Eine tüchtige Breitseite wird die Piraten Respekt lehren."

„Wir würden vielleicht eine oder zwei Schaluppen treffen", erklärt der Erste Offizier geduldig. „Und die anderen?"

„Würden abdrehen", schlägt Maiburg vor.

Der Erste Offizier lacht spöttisch. „Am Ende, um ihren Kumpanen zu helfen? Sie hatten offensichtlich noch niemals mit Piraten zu tun, junger Mann."

„Und was ist mit Ihnen?", platzt der Steuermann wütend heraus. „Wer garantiert uns denn, dass die Piraten Gnade walten lassen, wenn Sie sich ergeben?"

„Sie haben recht", sagt der Kapitän. „Kein Mensch kann es uns garantieren. Doch ich habe zu Gott im Himmel gebetet, dass die Piraten mit der Fracht abziehen und uns nichts zuleide tun!"

Ludwig sieht den Kapitän fassungslos an. Ja, glaubte der denn wirklich an Gott?

„Segel einholen", ordnet Farleign ruhig an.

Die vorderste der wendigen, bis an die Zähne bewaffneten Schaluppen hat die Fregatte nun fast erreicht.

Ludwig schüttelt den Kopf. So hat er sich das nicht gedacht! Er stürzt in den Laderaum hinab, wo sein kostbarstes Gut, die wertvolle chinesische Vase, für die er ein Großteil seines Kapitals ausgegeben hat, in einer Kiste mit Holzwolle aufbewahrt wird. Er nimmt die Vase heraus und jagt damit in seine Kabine. Diese hat er als besonderen Vorzug für die Reise zugewiesen bekommen, während der Rest der Mannschaft in Hängematten im engen Zwischendeck schläft. Ludwig verbirgt die Vase unter der Decke in seiner Koje. Dann legt er sich daneben, dreht sich zur Kajütenwand, wartet und lauscht mit klopfendem Herzen.

Eine der Schaluppen hat jetzt Backbord beigedreht. Enterhaken krachen auf das Deck. Eilige Füße sind zu hören.

Der Anführer der Piraten, eine verwegene Gestalt mit wallendem Bart, kommt mit gezücktem Säbel auf Kapitän Farleign zu. Dieser hebt zum Zeichen der Ergebung die Hände. „Wir liefern Ihnen unsere Ladung freiwillig und ohne Gegenwehr aus, bitte schonen Sie die Mannschaft und das Schiff!"

Brüllendes Gelächter aus rauen Piratenkehlen ist die Antwort.

„Ihr seid ja Helden!", höhnt der Piratenchef in gebrochenem Englisch. Er mustert den weißhaarigen Kapitän, der in ruhiger würdevoller Haltung vor ihm steht, für einen endlos scheinenden Moment. Dann nickt er kurz.

„Alle Ihre Leute auf das Vorderschiff!", verlangt er.

Farleign gibt einen entsprechenden Befehl. Kurz darauf ist die Mannschaft an Deck der Lady Mae versammelt. Einige der Männer ziehen grimmige Gesichter, doch niemand widersetzt sich, niemand fehlt – außer Ludwig.

„Mitkommen!", befiehlt der Pirat.

Kapitän Farleign führt die Räuber in den Laderaum des Schiffes hinab. Ein Grinsen geht über das

Gesicht des Anführers, als er der reichen Beute ansichtig wird. Ameisenflink beginnen die Piraten, den Laderaum auszuräumen. Vorsichtig, beinahe liebevoll, gehen sie mit den zerbrechlichen Schätzen aus Porzellan um. „Weißes Gold!", murmelt einer von ihnen, denn die Leute wissen natürlich, dass manches Porzellan sogar mit Gold aufgewogen wird.

Kurz darauf ist der Frachtraum leer.

Der Piratenchef verlangt die Kajüte des Kapitäns zu sehen. Der spartanisch karg eingerichtete Raum erntet von ihm nur einen kurzen spöttischen Blick. Auch das Quartier der Offiziere wird nur flüchtig durchsucht. Dann bleiben drei Piraten und ihr Anführer vor Ludwig Maiburgs Kabine stehen.

„Wer wohnt hier?"

„Ein junger Kaufmann aus Sachsen."

Der Anführer der Piraten drückt gegen die Tür. Sie ist verschlossen. Wütend hämmert er dagegen. „Öffnen!"

„Ich kann nicht", ertönt eine klägliche Stimme von innen. „Ich bin krank!"

„Ludwig, öffnen Sie sofort", befiehlt der Fregattenkapitän streng.

„Ich kann nicht!"

Das Gesicht des Piraten verzieht sich zu einer Grimasse. Er gibt seinen Kumpanen einen Wink und sie treten die Tür ein. Es ist das Werk eines Augenblicks und sie haben Ludwig aus der Koje gezerrt und die kostbare chinesische Vase gefunden.

„Das ist so dumm von Ihnen!", sagt der weißhaarige Kapitän. Sein Blick ist voller Trauer. „Sie setzen das Leben der ganzen Mannschaft wegen Ihrer Vase aufs Spiel."

Der Anführer der Piraten wendet sich von dem Kapitän zu Ludwig. Dann gibt er dem jungen Mann einen verächtlichen Stoß. „Ich halte mich an die Abmachung", sagt er. „Und Sie bestrafen den Jungen für seinen Ungehorsam!"

Der Kapitän nickt.

Auf ein Wort des Anführers hin verlassen die Piraten das Schiff und klettern in ihre Schaluppen zurück. Kurz darauf sind die kleinen wendigen Angreifer im aufkommenden Nebel verschwunden und nur die Löcher in den Planken und der leere Frachtraum erinnern an das, was gerade geschehen ist.

Mit brummigem Gesicht, doch Erleichterung im Blick, nimmt Ben seine Arbeit wieder auf. Die anderen folgen ihm.

„Segel setzen, Kurs heimwärts", befiehlt der Kapitän.

Dann wendet er sich Ludwig zu, der bleich und wie erstarrt an der Reling steht. „Ich habe mit Ihnen zu sprechen. Kommen Sie heute Abend in meine Kajüte!"

„Ja, Sir!"

Den ganzen Nachmittag versucht Ludwig sich zurechtzulegen, was er dem Kapitän sagen will.

Als er in die sparsam eingerichtete blitzsaubere Kajüte eintritt, platzt er schon mit seiner Verteidigung heraus, ehe der Kapitän ihn überhaupt anspricht: „Ich habe einen großen Teil meines Vermögens für die Vase bezahlt und komme nun als beinahe ruinierter Mann zurück nach Sachsen. Der Kurfürst verlässt sich doch darauf, dass ich ihm einen Schatz aus China mitbringe!"

Der Kapitän sieht ihn ruhig an. „Ihre Aktion war genauso dumm wie gefährlich. Dachten Sie denn wirklich, die Piraten ließen sich so leicht täuschen?"

„Sie hätten kämpfen sollen!"

„Ich kämpfe nur für Schätze, die es wert sind!"

„Ob Ihr Auftraggeber das auch so sieht?", fragt Ludwig höhnisch.

Die Miene des Kapitäns versteinert. „Hüten Sie Ihre Zunge!", sagt er schneidend. Dann fügt er ruhiger hinzu: „Ich bin Ihnen keine Rechenschaft schuldig, sondern Sie mir. Sie haben das Leben der ganzen Mannschaft aufs Spiel gesetzt."

Ludwig schaut ihn trotzig an.

„Wenn die Piraten Sie umgebracht hätten – was nützte Ihnen dann Ihr Schatz? Können Sie ihn mit ins Grab nehmen? Glauben Sie mir, Sie waren dem Tod schrecklich nah!"

Ludwig erschrickt ein wenig, lässt sich jedoch nichts anmerken.

„Es macht überhaupt keinen Sinn, um jeden Preis Schätze auf der Erde zu sammeln! Ich besitze einen Schatz im Himmel, den ich nicht verlieren kann! Für immer werde ich bei Gott sein, wenn ich diese Welt verlasse! Und Gott bin ich verantwortlich für mein Handeln. Das werde ich meinem Auftraggeber jederzeit erklären, der im Übrigen genau weiß, was es bedeutet, von Piraten überfallen zu werden. So bringe ich ihm – so Gott will – zumindest Schiff und Mannschaft unversehrt zurück."

Ludwig hat ungeduldig zugehört.

„Ich sehe, dass ich bei Ihnen auf keine Einsicht hoffen kann", schließt der Kapitän. „Vorläufig will ich Sie nicht an Deck sehen. Bleiben Sie in Ihrer Kabine, bis wir den nächsten Hafen erreichen. Sie können gehen!"

Brüsk wendet sich Ludwig ab und verlässt die Kajüte.

Der Kapitän seufzt und faltet die Hände. „Herr", betet er, „du hast in deinem Wort gesagt, wie schwer die Reichen in dein Reich kommen können. Erbarme dich über diesen jungen Mann! Hilf, dass er erkennt, welche unverlierbaren und ewigen Schätze du ihm geben willst!"

Die Reise verläuft ohne weitere Zwischenfälle. Der junge Kaufmann trauert seiner kostbaren Vase nach. Im nächsten größeren Hafen, den die Handelsfregatte unter Kapitän Farleign anläuft, packt Ludwig seine wenigen Habseligkeiten und schickt sich an, das Schiff zu verlassen.

Farleign gibt dem jungen Mann zum Abschied die Hand. „Hoffentlich bereuen Sie Ihre Entscheidung nicht!"

Ludwig zwingt sich zu einem höflichen Lächeln und richtet sich ein Stück höher auf. „Ich bin im Auftrag des Kurfürsten von Sachsen unterwegs, ihm ein chinesisches Kleinod zu bringen. Diese Aufgabe ist noch nicht gelöst."

„Wie wollen Sie die denn ohne Geld lösen?", fragt der Erste Offizier belustigt.

„Das lassen Sie ruhig meine Sorge sein", versetzt Ludwig steif. Sein Gesicht ist rot vor Ärger.

„Aber natürlich!" Der Erste Offizier hebt beschwichtigend die Hände. „Na dann, viel Glück!"

„Danke – das Glück ist mit dem Mutigen!"

Farleign seufzt leise. Die beiden Männer sehen Ludwig nach, der eiligen Schritts das Schiff verlässt, ohne sich noch einmal umzusehen.

******

Jahre sind vergangen, Jahre, in denen die Fregatte Lady Mae unter ihrem bewährten Kapitän Farleign zahlreiche Fahrten erfolgreich absolvieren konnte.

Die letzte Reise, bevor Frederic Farleign daheim in Cornwall den Ruhestand antreten will, führt ins weit entfernte Bombay an der Südküste Indiens. Bei günstigem Wind ist die Fahrt über das arabische Meer ohne größere Zwischenfälle verlaufen. Dennoch ist Farleign froh, dass er binnen weniger Tage seine Geschäfte erfolgreich abwickeln kann.

Dreimal im Lauf seiner Karriere als Kapitän ist Farleign in Indien gewesen. Er wandert am frühen Abend durch den Hafen und blickt sich aufmerksam um, in Gedanken Abschied nehmend. Nie wieder in seinem Leben wird er den Subkontinent und seine Menschen sehen. Wie viele von ihnen noch nie von dem rettenden Gott der Bibel gehört haben? Das fällt ihm in diesem Moment schwer auf die Seele.

„Gott, mein Herr, du liebst alle Menschen, du willst, dass alle die Wahrheit hören und dich finden. Aber diese Leute hier – haben sie eine Chance?"

In diesem Moment, wie eine Antwort auf sein Gebet, dringen Stimmen an sein Ohr. Farleign schaut auf. Er hebt den Kopf und lauscht überrascht. Die Stimmen kommen aus einer der Hafenkaschemmen, wie sie in jedem großen Hafen zu finden sind. Aber es ist nicht das laute Rufen und Gegröle angetrunkener Seeleute. Und jetzt ertönt Gesang. Farleign erkennt die Melodie, es ist ein englisches Glaubenslied, gesungen von einer Anzahl kräftiger Männerstimmen:

Amazing grace! How sweet the sound!
That saved a wretch like me!
I once was lost, but now am found;
was blind, but now I see.

‚Twas grace that taught my heart to fear,
and grace my fears relieved.
How precious did that grace appear
the hour I first believed!

Through many dangers, toil and snares
I have already come.
‚Tis grace hath brought me safe thus far,
and grace will lead me home.

When we've been there ten thousand years,
bright, shining as the sun,
we've no less days to sing God's praise
than when we first begun.

*Erstaunliche Gnade, wie süß der Klang,
die einen armen Sünder wie mich errettete!
Ich war einst verloren, aber nun bin ich gefunden,
war blind, aber nun sehe ich.*

*Es war Gnade, die mein Herz Furcht lehrte,
und Gnade löste meine Ängste.
Wie kostbar erschien diese Gnade
in der Stunde, als ich erstmals glaubte!*

*Durch viele Gefahren, Mühen und Fallen
bin ich bereits gekommen.
Es ist Gnade, die mich sicher so weit brachte,
und Gnade wird mich heim geleiten.*

Wenn wir zehntausend Jahre dort gewesen,
hell scheinend wie die Sonne,
haben wir keinen Tag weniger Gottes Lob zu singen,
als da wir angefangen haben.

Farleign reibt sich die Augen. Er kann es nicht glauben. Träumt er? Doch die Kneipe im diffusen Licht der Abenddämmerung bleibt. Der Gesang ist verklungen. Stattdessen hört man eine Stimme Englisch sprechen. Die Stimme, diese Stimme – undeutlich taucht eine Erinnerung in Farleigns Gedächtnis auf.

Entschlossen öffnet er die Tür und tritt ein. Zahlreiche Männer sitzen an den Tischen. Es scheinen eine Reihe von Indern, aber auch Seeleute aus vielen Nationen zu sein. Doch nirgendwo sieht man Getränke oder einen Ausschank.

In der Mitte des Raums, an einem improvisierten Rednerpult, steht ein noch jüngerer Mann. Seine Haut ist tief gebräunt, seine Haare dagegen blond, was einen seltsamen Gegensatz bildet. Seine Rechte ruht auf der aufgeschlagenen Bibel, seine hellen Augen strahlen, während er den Anwesenden in einer fremden Sprache etwas erklärt. Dann wechselt er ins Englische und liest einen Vers aus der Bibel vor:

> *„Wachst aber in der Gnade und Erkenntnis unseres Herrn und Heilandes Jesus Christus. Ihm sei die Herrlichkeit, sowohl jetzt als auch auf den Tag der Ewigkeit! Amen."* 2. Petrus 3,18

Kapitän Farleign findet nahe an der Tür noch einen freien Platz. Er setzt sich und hört gespannt weiter zu.

„Meine Freunde!", wendet sich der Prediger an die Zuhörer. „Diese Ermutigung schreibt uns Petrus, der Jünger Jesu Christi! Er hat die Gnade selbst erlebt, unverdiente Gnade, Gnade ohne jeden Grund außer der grundlosen Liebe seines Meisters Jesus Christus. Von dieser Gnade haben wir gerade gesungen. Den Herrn hat es alles, alles gekostet, uns zu retten. Er starb, damit wir leben können. Meine Freunde, ich bitte euch, nehmt diese Liebe an, kehrt um von euren bösen Wegen, jeder von euch, der es noch nicht getan hat!"

Längst hat der alte Kapitän den Redner erkannt. Das ist Ludwig Maiburg, der Kaufmann aus Sachsen. Doch die Veränderung, die mit dem arroganten jungen Mann von damals vor sich gegangen ist, lässt den alten Kapitän staunen. Er steht hier vor den Seeleuten aus aller Welt und predigt ihnen voller Liebe und Hingabe den Christus als Retter und Heiland.

Jesus, dem Sohn Gottes, gehört Ludwigs ganzes Herz, das spürt Farleign im Innersten. Staunende Freude steigt in ihm auf. „Danke, Herr", betet er leise, „dass du mich dieses Wunder hier auf meiner letzten Fahrt noch sehen lässt."

„Der Gott aller Gnade aber, der euch berufen hat zu seiner ewigen Herrlichkeit in Christus Jesus, nachdem ihr eine kurze Zeit gelitten habt, er selbst wird euch vollkommen machen, befestigen, kräftigen, gründen (1. Petrus 5,10). Amen!", schließt Ludwig seine kurze Predigt.

Wieder wird gesungen. Diese seltsame Versammlung aus so unterschiedlichen Personen schmettert mit großer Inbrunst und Einigkeit die englischen Hymnen aus Farleigns Heimat.

Nach dem Gebet verlassen die Besucher nach und nach die alte Kaschemme. Farleign bleibt zurück.

Nun wird Maiburg auf ihn aufmerksam und nähert sich ihm freundlich. Da geht plötzliches Erkennen über sein Gesicht.

„Kapitän Farleign! Sind Sie es wirklich!?"

Farleign lächelt. „Gewiss. Ich habe mich wahrlich nicht annähernd so verändert wie Sie. – Haben Sie ein wenig Zeit für mich? Setzen Sie sich zu mir, Ludwig!"

Maiburg folgt der Aufforderung sofort.

„Wie ist es Ihnen ergangen seit – damals?", fragt der Kapitän ohne Umschweife.

Maiburg streicht sich über die Stirn. „Ein bisschen abenteuerlich, sehr gut, sehr schlimm, am Ende stehe ich hier, als einer, den die Gnade fand, unverdiente Gnade, völlig unverdient."

„Erzählen Sie", bittet Farleign.

„Nun, als ich damals an der Westküste Afrikas von Bord Ihres Schiffes ging, schlug ich mich zunächst als Hafenarbeiter durch. Es war ein mühseliges Leben. Doch durch einige gute Geschäfte, die Gott mir, wie ich heute denke, zufallen ließ, kam ich bald wieder auf die Füße. Ich begann zu reisen, zog ein erfolgreiches Handelsunternehmen auf und verkaufte chinesisches Porzellan sozusagen in alle Welt."

„Warum meinen Sie, dass Gott Ihnen Ihre Geschäfte besorgt hat?"

Maiburg lächelte versonnen. „Wie gewöhnlich ist es denn bitte, dass international erfolgreiche Händler mit einem abgerissenen Hafenarbeiter Geschäfte machen? – Doch das ist mir erst später klar geworden. Ich wurde jedenfalls gehört, meine Geschäftsidee fand Beifall und ich bekam ehrliche und fähige Handelspartner. Ich hatte Freude an meinen Unternehmungen, reiste immer weiter nach Osten, um neue Märkte und neue Quellen aufzutun."

Farleign sieht ihn nachdenklich an. „Das Kaufmannshandwerk liegt Ihnen zweifellos", stellt er fest.

„Sozusagen mit der Luft eingeatmet, die mich umgab. Mein Vater und schon mein Großvater waren Kaufleute."

„Wie ging es weiter?"

Ludwig lächelt. „Zunächst auf der Erfolgsspur. Doch die Worte, die Sie mir damals gesagt hatten, blieben nicht ohne Wirkung auf mich. Ich war erfolgreich, würde den Auftrag des Herzogs am Ende ausführen können. Aber sollte es tatsächlich einen Schatz geben, der viel wertvoller und unverlierbar wäre, ganz im Gegensatz zu den Schätzen, mit denen ich handelte? Das würde Konsequenzen für mein Leben haben, darum schob ich die unbequemen Gedanken immer wieder fort.

Dann gebot mir ein besonderes Erlebnis Einhalt. Es war vor der südafrikanischen Küste, die ja für ihre Stürme berühmt ist."

Der Kapitän nickt. Nicht umsonst wurde die Südspitze Afrikas auch „Kap der Stürme" genannt.

„Tagelang herrschte ein solches Unwetter, dass wir – fast wie Paulus Gefährten damals auf der Reise nach Rom – alle Hoffnung auf Rettung aufgaben. Doch jetzt in der Not zu Gott schreien – zu Gott, mit dem ich sonst nichts zu tun haben wollte? Dass ließ mein grimmiger Stolz nicht zu. Ich Narr! Doch Gott in seiner unbegreiflichen, vorlaufenden Gnade rettete mich trotzdem, – und mit mir alle anderen, die sich an Bord befanden. Schwer beschädigt erreichte das Schiff eine portugiesische Niederlassung an der Südwestküste Afrikas, wo wir es instand setzen wollten."

Farleign hat mit lebhaftem Interesse zugehört. „Was geschah dann?", fragt er voller Interesse, als Maiburg in Gedanken versunken für eine lange Zeit schweigt.

Dieser schaut auf, wie aus tiefer Erinnerung erwachend. „Wie gefährlich ist es doch, wenn ein Mensch Gottes Rufen immer wieder ignoriert – oder schlimmer noch – immer wieder ablehnt. Eine zunehmende Verhärtung ist die Folge." Ludwig schluckt.

Farleign gibt ihm Zeit, sich zu fassen.

„Anstatt Gott für unsere Rettung zu danken, wie es Kapitän John Newton – dessen Lied wir heute Abend sangen – tat und zu Gott umkehrte, reagierte ich ganz anders. Ich war verdrießlich und unzufrieden über den Aufenthalt in Afrika. Die Reparatur des Schiffs verschlang große Summen. Der geschäftliche Rückschlag ärgerte mich unsagbar. Bedeutete er doch eine weitere Verzögerung für meine ehrgeizigen Pläne. Und ich sann auf Abhilfe und begann, unredliche Geschäfte abzuschließen. Ich zog meine alten Geschäftspartner, die mir vertrauten, rücksichtslos über den Tisch, enttäuschte alte Freunde.

Mein Geschäft wuchs, doch um welchen Preis!

Dann wurden wir von Piraten überfallen. Wir kämpften, wurden überwältigt und völlig ausgeraubt. Ein Teil der Mannschaft landete mit mir nach Wochen auf dem Sklavenmarkt in Bombay."

Ludwig macht erneut eine Pause.

„Hier war es, wo mich einer meiner alten Geschäftspartner fand, ein grundanständiger, ehrlicher englischer Kaufmann, den ich niederträchtig betrogen hatte. Er löste mich und meine unglücklichen Kameraden aus, ohne ein Wort über meine Geschäfts-‚Methoden' ihm gegenüber zu verlieren. Er bot mir sogar an, dass ich mit ihm nach Europa zurückkehren könnte. Ich lehnte ab, weil ich mich zu sehr schämte. Ja, zum ersten Mal im Leben schämte ich mich wirklich! Mit Macht ereilte mich die Erinnerung an meine Reise mit Ihnen und was Sie mir damals mit auf den Weg gaben."

Er ergreift die Hand des alten Kapitäns und drückt sie fest.

„Entkräftet durch die Gefangenschaft und die rüde Behandlung durch die Piraten, fristete ich ein kümmerliches Dasein im Hafenviertel von Bombay. Dann kam ich eines Abends wieder einmal an dieser Kneipe hier vorbei, die ich seit Langem als geschlossen kannte. Doch an diesem Abend drang Licht aus dem Fenster. Neugierig trat ich ein. Ich fand den Raum so vor, wie Sie ihn jetzt sehen."

Ludwig deutet mit der Hand in den schlichten Raum. „Ein junger Inder sprach in gebrochenem Englisch zu einigen Zuhörern, einer Handvoll Inder, ein paar Seeleuten aus unterschiedlichen Regionen der Erde. Er hatte ein großes schwarzes Buch in der Hand – eine Bibel und predigte über Jesus, den er als ‚Sohn Gottes' bezeichnete. Nie zuvor hatte ich jemanden mit solcher Liebe und Dankbarkeit über Jesus sprechen hören. Wider Willen fasziniert blieb ich und hörte zu. Und in dieser Nacht fiel es mir wie Schuppen von den Augen: Jesus Christus, der Sohn Gottes, ist auch für meine Schuld, meine Gier, meine Auflehnung gegen Gott und Menschen am Kreuz gestorben. Jesus starb, weil er auch mich retten wollte, weil er mich liebte, noch immer liebte, obwohl ich ihn so oft zurückgewiesen hatte. Diese Erkenntnis zerbrach meinen Eigensinn und trieb mich zu Tränen. Besorgt kam der junge Inder zu mir. Und in seinem Beisein, hier, in dieser alten Kneipe im alten Bombay, weit weg von daheim, kam ich endlich nach Hause zu Gott, der so lange auf mich gewartet hatte. –

Ich kam nun jeden Abend hierher. Mein indischer Freund besorgte mir eine englische Bibel, die ich immer wieder las. Ich war wie ausgetrocknet und saugte die Lebensworte Jesu in mich auf. Für nichts anderes hatte ich mehr Interesse."

Farleign hat bewegt zugehört, ohne Maiburg ein einziges Mal zu unterbrechen. „Und seitdem sind Sie hier in Bombay?"

Ludwig nickt. „Ja, die meiste Zeit. Einige Wochen nach meiner Umkehr zu Gott legte eins meiner Schiffe in Bombay an. Meine Leute waren von dem ehemaligen Geschäftspartner, der mich auf dem Sklavenmarkt gefunden hatte, informiert worden, wo ich war.

Doch ich kehrte nicht mit ihnen zurück. Von Bombay aus löste ich mein Geschäft auf und lebe seitdem hier. Mein indischer Freund, seine Familie und ich kümmern uns um die Seeleute, die hier im Hafen ‚angespült' werden. Sie nehmen die gute Botschaft ihrerseits mit auf ihre Schiffe. Doch auch viele Einheimische kommen und es werden ständig mehr."

Es ist sehr spät geworden, als sich Farleign und Ludwig an diesem Abend trennen. Voller Freude und Dankbarkeit kehrt der Kapitän zu seinem Schiff zurück. „Du, Herr, bist wunderbar", betet er. „Du gibst keinen Menschen auf und deine Wege sind großartig und zum Staunen! Gelobt sei dein Name!"

Weißes Gold

Der HERR der Heerscharen ist wunderbar in seinem Rat, groß an Verstand.

Jesaja 28,29

Porzellan wurde in China erfunden, vermutlich im 6. Jh. nach Christus. Jahrhunderte später kam es durch Handelsreisende auch nach Europa und war dort als Luxusartikel sehr beliebt. Die Chinesen hielten die Rezeptur streng geheim. Erst 1708 gelang es den beiden Forschern Tschirnhaus und Böttger, das erste europäische Porzellan herzustellen.

Porzellan wird aus Kaolin, einem feinen, weißen Gestein, hergestellt, dem weitere Gesteinsarten (Felsspat und Quarz) beigefügt werden.

August der Starke (1670-1733), Kurfürst von Sachsen, später auch König von Polen und Großfürst von Litauen, ist bekannt für seine Bau- und Sammelleidenschaft. Er begründete den Ruf Dresdens als barocke Metropole.

John Newton (1725-1807), der ehemalige Sklavenhändler überlebte einen Sturm auf See. Er bekehrte sich. Seine Predigten und sein Wirken beeinflussten Leute wie William Wilberforce, der gegen die Sklaverei kämpfte.

Von John Newton stammen über zweihundert Kirchenliedtexte, beispielsweise Amazing Grace, Does the Gospel Word (Bietet Gott in seinem Sohne Ruhe und Erquickung an) und Glorious Things of Thee are Spoken.

Christentum in Bombay: Nach christlicher Überlieferung soll der Apostel Thomas (der „Zweifler") mit dem Evangelium von Jesus Christus bis nach Indien gereist sein. Weitere Boten des Evangeliums, die früh in Zusammenhang mit der Missionierung Indiens genannt werden, sind Thomas von Kana (Knai Thoma, 4. oder 8. Jahrhundert), ein Kaufmann aus Mesopotamien, des Weiteren portugiesische Missionare seit dem frühen 16. Jahrhundert. In Mumbai, wie Bombay seit 1995 offiziell heißt, sind heute etwa 4 Prozent der Einwohner Christen.

Rückkehr ins Moor

Tief hingen die Wolken über der düsteren Landschaft. Kein versöhnliches Weiß, keine sanfte Schneedecke milderte die herbe Schönheit der Gegend. Der gut befestigte Weg hob sich scharf ab gegen das Braungrün des Moors zu beiden Seiten.

Eberhard hätte diesen Weg zum Dorf sogar im Schlaf gefunden, so vertraut war ihm seit seiner Kindheit hier alles. Nun tauchte in der Ferne das Gutshaus auf. Mit den tief herabgezogenen dunklen Schindeln sah es abweisend, beinahe grimmig aus. Eberhard hatte das immer so empfunden, jedes Mal, wenn er in dieses Haus zurückkam, das nie ein Zuhause für ihn war.

Eberhard straffte die Schultern. Es kam ja zum Glück nicht oft vor, dass er nach Hause gerufen wurde. Die Hochzeit seiner älteren Schwester Konstanze war schon ein Grund. Sie heiratete einen jungen Wissenschaftler aus der nahen Stadt. Ob sie wohl wie er froh war, diesem freudlosen Haus endlich den Rücken kehren zu können, mit dem überaus strengen Vater, der stets nörgelnden kränklichen Mutter? Und seine kleine Schwester Marlies, der Wildfang, der nichts mehr liebte, als auf Bäume zu klettern, oder über die weiten Wiesen hinter dem Dorf zu reiten? Wie würde sie es aushalten, ganz allein mit den Eltern? Eberhard wusste es nicht. Schon seit Jahren hatte er keinen Kontakt mehr mit allen, seit jenem Tag, als er sich befreit hatte, als er geflohen war, weit weg nach Berlin, um dort zu studieren. Er war Arzt geworden.

Kein Schmuck, keine Blumen deuteten auf das fröhliche Fest, das hier morgen gefeiert werden sollte. Still und nüchtern wie immer, dabei gepflegt und überaus sauber wirkten der kurzgeschorene Rasen und der Kiesweg vor dem Haus.

Eberhard zog den schweren Klingelstrang aus Messing. Tief im Inneren des Hauses ertönte eine Glocke. Die alte Haushälterin, die er noch aus seiner Jugend kannte, öffnete ihm die schwere Tür. Ein Strahlen breitete sich über ihr gutmütiges Gesicht. „Herr Eberhard! Ihre Eltern warten im Salon auf Sie! Seien Sie herzlich willkommen."

„Danke, Frau Martens! Sie sind vielleicht die Einzige, die mich so freundlich begrüßt."

„Oh nein, auch Ihre Schwestern freuen sich sehr!", erwiderte sie impulsiv und biss sich dann verlegen auf die Lippen.

„Schon recht, Frau Martens", sagte Eberhard mit traurigem Lächeln. „Das Zerwürfnis mit meinen Eltern ist tief und vielleicht unheilbar."

Frau Martens sah ihn bekümmert an.

Eberhard betrat den Salon. Sein Vater erhob sich aus seinem tiefen ledernen Clubsessel und sah ihm entgegen. Eberhard konnte sein Erschrecken kaum verbergen. Sein Vater war alt geworden. Tiefe Linien hatten sich in sein früher so rosiges Gesicht gegraben und das ehemals pechschwarze Haar war fast schlohweiß.

Eberhard trat schnell auf ihn zu und bot ihm die Hand. „Vater!"

„Mein Sohn!" Der Händedruck seines Vaters war kraftvoll und stark wie früher.

Nun wandte sich auch seine Mutter um, die blicklos in den Garten hinaus gestarrt hatte. Ihr

Gesicht war so starr und glatt, wie er es in Erinnerung hatte. Die Mundwinkel etwas gesenkt, die blassblauen Augen ausdruckslos. Eberhard reichte auch ihr die Hand.

„Danke für eure Einladung!", sagte er mit belegter Stimme.

Seine Mutter musterte ihn von oben bis unten. „Deine Schwester heiratet", bemerkte sie etwas spöttisch, „und wollte ihren einzigen Bruder gern dabeihaben." Eberhard errötete.

„Konstanze ist übrigens im Dorf, im Gasthaus, bei ihren Schwiegereltern", fügte sie etwas versöhnlicher hinzu.

„Und Marlies? Wo steckt denn Marlies?"

Eine fahle Blässe bedeckte das Gesicht seines Vaters. „Sie ist in ihrem Zimmer. Sie ..." Er wollte noch etwas hinzufügen, doch er schwieg unglücklich.

Eberhard bemerkte es nicht. „Marlies in ihrem Zimmer? Wie ungewöhnlich. Ich will sie gleich begrüßen, entschuldigt mich." Und er verließ eilig den Salon.

Vater und Mutter sahen sich einen Moment stumm an. Dann zuckte seine Mutter die Schultern und wandte sich ab.

Mit strahlendem Gesicht eilte er die Treppe hinauf in den ersten Stock, wo die privaten Räume der Familie lagen.

Frau Marten sah ihm traurig nach. „Sie haben ihn nicht gewarnt!", dachte sie. „Hätte ich es tun sollen?"

Ohne anzuklopfen stürmte Eberhard in das gemütliche Wohnzimmer seiner Schwester. „Marlies, wo steckst du denn?"

„Hier!" Die vertraute helle Stimme seiner kleinen Schwester kam aus dem angrenzenden Schlafzimmer.

Eberhard stieß die Tür auf, die nur einen Spalt angelehnt war. „Was machst ...?"

Er verstummte mitten im Satz und sah betroffen auf die dünne, zerbrechlich wirkende junge Frau in den hohen Kissenbergen des altmodischen breiten Bettes. „Bist du krank? Was fehlt dir denn? Die Eltern sagten gar nicht ...", brach es aus ihm heraus. Eine unbestimmte Angst schnürte ihm das Herz zusammen.

Marlies lächelte. Ihre Augen strahlten voll ungebrochenen heiteren Lebenswillens. „Es geht mir gut", erwiderte sie ruhig. „Grüß dich, Eberhard." Sie hob die linke Hand zu der winzigen Andeutung eines Grußes. Die rechte lag schlaff und unbeweglich auf der Decke.

Verstört stürzte Eberhard vor ihrem Bett auf die Knie und umfing seine kleine Schwester mit seinen starken Armen. „Marlies", stammelte er. „Was ist geschehen?"

„Ein schwerer Sturz im Winter vor zwei Jahren."

„Seitdem liegst du hier im Bett?"

„Ja. Doktor Heinrich sagte, dass meine Wirbelsäule verletzt ist. Ich bin", sie zögerte nur einen winzigen Moment, das Wort auszusprechen, das ihre ganze Situation beschrieb, „gelähmt."

Eberhard schluchzte trocken auf. „Warum hast du mich nicht gerufen? Ich bin doch Arzt, vielleicht, vielleicht, nein bestimmt hätte ich irgendetwas für dich tun können. Deine Hand, du kannst sie doch etwas bewegen? Deine Schultern, kannst du sitzen? Warum, warum hast du mir nichts gesagt?"

„Ich weiß doch, wie viel Kraft es dich gekostet hat, dich zu befreien, von hier fortzugehen in ein neues Leben. Ich wollte nicht, dass du meinetwegen zurückkommst."

„Aber ..."

„Komm, setz dich zu mir", bat Marlies lächelnd. „Erzähl mir, wie geht es dir?"

Eberhard stand auf. Er zog sich einen Stuhl heran und nahm die kraftlose Rechte seiner kleinen Schwester in seine kraftvollen Hände. „Schaut Doktor Heinrich regelmäßig nach dir?", fragte er besorgt.

„Doktor Heinrich praktiziert nicht mehr. Die Heinrichs sind zu ihren Kindern gezogen. Es gibt keinen Arzt mehr im Dorf. Aber ich brauche auch niemanden."

„Aber im Sommer wirst du nach unten geholt auf die Terrasse."

Marlies schüttelte leise den Kopf. „Konstanze kümmert sich um mich. Und Vater kommt jeden Tag eine Stunde zu mir herauf! Wir haben gute Gespräche, du würdest staunen. Nun, und Mutter vergisst am liebsten den Krüppel im Haus."

„Marlies!", rief er zornig. Dann fiel er förmlich in sich zusammen. „Wie erträgst du ein solches Leben?"

„Ich habe mir das Bett so stellen lassen, dass ich immer in den Himmel schauen kann! Ich sehe den Wolken zu, die über den Horizont reisen und spreche dabei mit meinem Vater in dem unsichtbaren Himmel."

„Gott?"

„Ja, Eberhard, Gott! Nach meinem Unfall habe ich lange im Hospital gelegen. Meine Bettnachbarin war eine gläubige Frau. Sie hat mir jeden Tag aus der Bibel vorgelesen und mir von Jesus erzählt."

Eberhard erinnerte sich dunkel an die Predigten in der alten kleinen Dorfkirche. Viel war dort von dem Zorn Gottes die Rede gewesen, auf sehr einschüchternde Weise.

„Jesus ist ganz anders", sagte Marlies, als ahnte sie seine Gedanken. „Jesus Christus, Gottes Sohn, kam auf die Erde, um verlorene Menschen zu retten und sie Gott als Kinder zuzuführen. Seit damals glaube ich an ihn. Er ist mein Retter, mein Heiland. Gott ist mir so nahe, so als stünde er am Kopfende meines Bettes. Und dann reden wir miteinander."

Stundenlang saß Eberhard an Marlies' Bett und hörte ihr zu. Dann erzählte er von seinem Leben, seiner Ausbildung und seiner Arbeit in Berlin. Frau Martens brachte den beiden jungen Leuten das Abendessen auf einem kleinen fahrbaren Wagen. „Die treue Seele hilft mir jeden Tag", sagte Marlies mit einem dankbaren Lächeln. „Sie füttert mich wie ein Kind."

„Heute werde ich das tun", sagte Eberhard. Frau Martens nickte ihm zu.

Später am Abend kam Konstanze mit ihrem Verlobten zu Marlies, und danach auch Marlies' Vater. Auf Marlies' Wunsch las er einen Abschnitt aus der Bibel vor, aus dem Johannesevangelium, Kapitel 17. Eberhard nahm die wunderbaren Worte begierig in sich auf. Und staunend spürte er den tiefen Frieden, der in diesem kleinen Krankenzimmer herrschte. War das nicht, wonach er sich all die Jahre so sehr sehnte? Eberhard spürte: Bei Jesus Christus gab es Ruhe und Frieden für sein ruheloses Herz.

Es war schon spät, als man sich trennte, nachdem Konstanzes Verlobter ein kurzes, inniges Gebet gesprochen hatte.

Eineinhalb Jahre waren vergangen. Heller Abendsonnenschein lag über der sonst so düsteren Moorlandschaft. Ein warmer Sommerwind strich durch Sträucher und Blumen und wehte süßen Blumenduft auf die Terrasse. Marlies lehnte in ihrem bequemen Liegestuhl, ein Buch auf den Knien. Ihr Gesicht hatte fast wieder die gesunde Farbe von einst, denn Eberhard, der seit einem Dreivierteljahr die verwaiste Praxis von Doktor Heinrich übernommen hatte, sorgte dafür, dass seine Schwester so oft wie möglich an die Luft kam. Marlies' Zimmer lagen jetzt im Erdgeschoss, so dass sie in ihrem Rollstuhl an den gemeinsamen Mahlzeiten teilnehmen konnte. Unter fachkundiger Übungsanleitung war Marlies' linke Hand so weit gekräftigt worden, dass sie eine Buchseite umblättern oder eine Gabel halten konnte. Und eine besondere Freude war es stets, wenn Konstanze ihr den kleinen Richard, ein rundliches Baby von einem halben Jahr, auf den Arm legte.

Nun näherten sich schnelle Schritte vom Park. Marlies sah ihrem Bruder froh entgegen. Eberhard nahm sie lachend auf seine Arme, setzte sie in den Rollstuhl und fuhr mit ihr in den blühenden Park.

„Denk dir, Schwesterchen. Gestern Abend war der Vater bei mir. Wir hatten ein langes Gespräch und anschließend haben wir gebetet. Nun ist auch der Vater ein Kind Gottes, ein Eigentum des Herrn Jesus."

Marlies strahlte vor Freude. „Wenn doch auch die Mutter ...", sagte sie leise.

Eberhard nickte zuversichtlich. „Sogar Mutter ist nachdenklicher geworden. Ich bin sicher, eines Tages wird der Herr Jesus auch sie finden!"

Glaube an den Herrn Jesus, und du wirst errettet werden, du und dein Haus.

Apostelgeschichte 16,31

Der Besucher am Fenster

Langsam und zäh verrinnen die Minuten. Die Nacht bricht herein. Draußen ziehen zerrissene Wolkenfetzen vor dem dunkler werdenden Himmel vorbei. Dietrich fröstelt. Es liegt nicht nur an der kühlen Abendluft. Kalte Angst kriecht in ihm hoch. Nacht. Zeit für Verhöre. Dietrich drückt sich zitternd in die Ecke seiner Pritsche. Und er fühlt sich entsetzlich einsam und verlassen.

Schritte harter mit Nägeln beschlagener Stiefel nähern sich der Tür. Der Riegel wird zurückgeschoben.

„Hausmann!"

Dietrich tritt hinaus auf den Gefängnisflur, der gleißend hell von grellen Neonlampen erleuchtet ist. Er kneift die Augen zusammen.

„Mitkommen!", befiehlt der Wachmann barsch.

Dietrich muss den langen Gang entlangmarschieren, die enge dunkle Treppe hinunter zu den Verhörräumen. Er zieht unwillkürlich die Schultern zusammen. Ob ihn die Wachleute schlagen werden?

„Herr Jesus, bitte hilf mir doch", fleht Dietrich leise. „Hilf mir. Ich kann nicht mehr."

Der Wachmann öffnet eine Tür am Ende des Ganges. Eine einzige Glühlampe erhellt den düsteren Raum. Und dort sitzt er, der gefürchtete Gestapo-Offizier, Harald Leutner. Er leitet die „Untersuchungen".

„Herr Hausmann, nehmen Sie doch Platz." Der Gestapo-Mann deutet auf den Holzstuhl vor dem Schreibtisch. Seine Stimme ist von schmeichlerischer Freundlichkeit.

Dietrichs Furcht verstärkt sich. Zitternd kauert er sich auf dem Stuhl zusammen.

„Wir hatten nur ein kleines Problem miteinander", sagt Leutner liebenswürdig. „Sie wurden verhaftet, weil Sie Jugendlichen im Jugendheim christliche Literatur gaben und weil Sie mehrfach in der Öffentlichkeit Versammlungen abhielten und biblische Geschichten erzählten", las er aus der Anklageschrift vor. Dann nahm er die Brille ab und verschränkte die Hände über dem Papier. „Wir haben nichts gegen Sie, Herr Hausmann", sagte er bedächtig. „Sie können morgen auf freiem Fuß sein, wenn Sie diese Erklärung unterschreiben, die wir für Sie vorbereitet haben."

Frei! Dietrichs Herz klopft schneller vor Freude. Raus aus der Zelle, nach Hause. Zaghaft greift er nach dem Papier.

„Ich, Dietrich Hausmann, verpflichte mich auf Lebenszeit, nicht mehr in der Öffentlichkeit von Jesus zu sprechen oder aus der Bibel vorzulesen und zu lehren."

Dietrich lässt das Papier sinken.

Leutner beobachtet ihn aufmerksam. „Sie haben bis morgen früh Bedenkzeit."

Wie im Traum stolperte Dietrich in seine Zelle zurück. Die Freiheit! So nah! Aber nie mehr vom Herrn Jesus erzählen, der ihn gerettet, der ihm ewiges Leben geschenkt hat? Dem er die schönsten und wunderbarsten Stunden seines Lebens verdankt? Nicht mehr mit anderen Christen den Herrn loben? Kindern nie mehr die biblischen Geschichten erzählen und mit ihnen beten, sondern leben wie ein stummer Hund? Ist das Leben?

Dietrich wälzt sich unruhig von einer Seite auf die andere und findet keinen Schlaf. Ein schrecklicher

Kampf tobt in seinem Inneren. Den Herrn Jesus verleugnen? Und deutlich, als sei es erst gestern gewesen, wird die Stunde, wo der Herr Jesus ihm seine Sünden vergeben und ihn angenommen hatte, in seiner Erinnerung lebendig.

„Herr, hilf mir", fleht Dietrich noch einmal.

Endlich dämmert der Morgen. Dietrich erhebt sich zitternd vor Kälte und Kummer von seiner harten Pritsche. Der Wachmann schiebt ihm das jämmerliche Frühstück durch die Tür. Dann ist Dietrich wieder allein. Plötzlich lauscht er nach draußen. Da pfeift doch jemand ein Lied! Draußen, vor seinem Zellenfenster, direkt für ihn. In seinem Herzen ergänzt Dietrich den vertrauten Text:

Dass Jesus siegt, bleibt ewig ausgemacht,
Sein wird die ganze Welt.
Denn alles ist nach Seines Todes Nacht
in Seine Hand gestellt.
Nachdem am Kreuz Er ausgerungen,
hat Er zum Thron sich aufgeschwungen.
Ja, Jesus siegt, ja, Jesus siegt!

Ja, Jesus siegt, obschon das Volk des Herrn
noch hart darniederliegt.
Wenn Satans Pfeil ihm auch von nah und fern
mit List entgegenfliegt,
löscht Jesu Arm die Feuerbrände;
das Feld behält der Herr am Ende.
Ja, Jesus siegt, ja, Jesus siegt!

Ja, Jesus siegt! Wir glauben es gewiss,
und glaubend kämpfen wir.
Wie Du uns führst durch alle Finsternis,
wir folgen, Jesus, Dir.
Denn alles muss vor Dir sich beugen,
bis auch der letzte Feind wird schweigen.
Ja, Jesus siegt, ja, Jesus siegt!

Text: Johann Christoph Blumhardt (*1805 †1880)

Wie gut kennt Dietrich dieses Lied. Und plötzlich erfüllt eine tiefe Ruhe sein Herz. Der Herr Jesus ist doch stärker! Was können Menschen ihm tun? Nein, er will seinen Herrn nicht verleugnen. Und der Herr wird ihm Kraft geben." Wenige Minuten später wird Dietrich zu Leutner geführt. „Ich kann Ihre Erklärung nicht unterzeichnen", sagt er fest.

*Dietrich (Name geändert) kam später trotzdem auf freien Fuß. Er hat nicht erfahren, wer das Lied vor seinem Fenster pfiff.

Denn das Törichte Gottes ist weiser als die Menschen, und das Schwache Gottes ist stärker als die Menschen.

1. Korinther 1,25

Der Sturm

Frankreich, im 19. Jahrhundert. Klar und tief nachtblau wölbt sich der Himmel über den Hügeln von Marbois. Unzählige Sterne funkeln am Firmament.

Frederic öffnet leise die Tür seines Studierzimmers und späht auf den Gang hinaus. Nichts ist zu sehen oder zu hören. Vorsichtig stiehlt er sich den langen Gang entlang und die Wendeltreppe zum Turm hinauf. Dicke Teppiche verschlucken seine Schritte.

Das Turmzimmer ist karg und nüchtern in seiner Einrichtung. Ein Schreibtisch, Regale, ein Stuhl, eine einfache Ruhebank. Doch der umlaufende Gang zwischen hohen Schießscharten bietet tagsüber eine atemberaubende Aussicht auf die lieblichen Täler und in der Nacht den freien Blick zum Firmament. Hier oben bewahrt Frederic, Marquis de Marbois, seine astronomischen Instrumente auf. Nächtelang hat er mit dem Fernrohr den Nachthimmel studiert. Doch heute vergräbt er sich noch lieber in seine astrologischen Bücher, beschäftigt sich mit Sternbildern, Tierkreiszeichen und Horoskopen. Frederic arbeitet an einer ganz neuen Theorie. Er ist überzeugt, dass die Stellung der Sterne entscheidenden Einfluss auf die Ereignisse des Lebens hat.

Erst als die Kirchturm-Uhr die erste Stunde des neuen Tages schlägt, schaut er von seinen Notizen auf. Er legt die eng beschriebenen Blätter zusammen und birgt sie in den Taschen seiner Jacke, löscht die Lampe und verschließt die Tür des Turmzimmers hinter sich.

Der Sturm

Auf dem Gang zu seinem Zimmer brennt nur noch eine einsame Lampe. Darum bemerkt der junge Mann auch erst zu spät, dass eine Gestalt ihm aus dem Schatten entgegentritt und ihm hochaufgerichtet den Weg versperrt: der Vater.

Frederic selbst ist groß und schlank, doch sein Vater überragt ihn noch fast um Haupteslänge. Ernst und forschend ist sein Blick: „Woher kommst du?"

Frederic wirft den Kopf zurück. „Aus dem Turm!"

„Mitten in der Nacht?"

Frederic bricht der Schweiß aus. Er zieht das Taschentuch aus seiner Tasche und mit ihm – die Notizblätter. Schnell bückt er sich danach, doch es ist zu spät. Das Titelblatt seiner Arbeit ist dem Vater direkt vor die Füße gefallen.

„Der Weg der Sterne in Leben und Biografie des Menschen", liest dieser leise und fassungslos.

„Ich glaube daran", versetzt Frederic trotzig. „Unser Weg ist in den Sternen zu finden und die Sterne bestimmen unser Schicksal."

„Frederic!" Die Stimme des Vaters ist liebevoll und mahnend. „Niemals habe ich dir gewehrt, wenn du nächtelang den Sternenhimmel beobachtet hast, als du die Umlaufbahnen der Planeten und die physikalischen Gesetze studiertest. Doch den Aberglauben um Sternzeichen und Horoskope dulde ich nicht! Das Universum und die Sterne sind Gottes Schöpfung. Wie sollten sie unser Leben beeinflussen, das doch allein in Gottes Hand liegt? Gott allein soll die Autorität in unserem Leben gehören! Astrologie ist

Götzendienst, Frederic! Die Hellseherei aus den Sternen ist Gott ein Gräuel!

„Wenn du meine Arbeit in diesem Haus missbilligst, so gehe ich eben", erwidert Frederic zornig. „Es ist mein Lebenswerk! Ich lasse nicht davon!"

Sein Vater wird bleich bis in die Lippen. „So geh!", erwidert er tonlos.

Wochen sind vergangen, ein Monat, dann ein weiterer. Frederic ist in die Stadt umgesiedelt. Seinen Marquis-Titel hat er längst abgelegt, da er ihm nur hinderlich ist bei der Arbeitssuche. Frederic hat sich als Hauslehrer versucht, als Sekretär, schließlich als Kammerdiener und Kofferträger. Nur die nächtlichen Studien lenken ihn von seiner Not ab. Seine Arbeit ist um weitere zwei Kapitel gewachsen, auch wenn ihm beim Studieren und Forschen oft der Magen knurrt.

Wenn er es sich leisten kann, nimmt er ein sehr bescheidenes Mahl in einer kleinen schäbigen Kaschemme am Hafen ein, wo sich eines Abends ein Mann mittleren Alters zu ihm setzt. Der Fremde ist nachlässig, aber mit einer gewissen Eleganz gekleidet. Sein Gesicht trägt Züge von Leidenschaft und Gewalttätigkeit. Doch das fällt Frederic nicht auf. Er sieht nur das Lächeln des Fremden.

„Sie sehen aus, als hätten Sie schon bessere Tage gesehen", beginnt dieser ohne Umschweife. Frederic senkt beschämt den Kopf und nickt.

„Ich habe eine Arbeit für Sie! Eine Aufgabe, die Mut, Geschick, Intelligenz und Wagemut erfordert. Sind Sie bereit?" Der Fremde drückt ihm ein Säckchen mit Geldmünzen in die Hand ...

Der Sturm

Tief taucht der Bug in die Dünung. Der Laderaum des Seglers ist bis zum Rand mit wertvollen Gütern, mit Seide und Gewürzen, Parfum und anderen kostbaren Waren gefüllt, Güter, die an der Zollbehörde vorbei übers Meer geschmuggelt werden, hinüber nach England und bis hinauf zur schottischen Küste. Seit zwei Tagen und zwei Nächten sind weder Sonne noch Sterne am Himmel zu sehen und die schwere See macht dem Schiff zu schaffen. Verbissen halten Steuermann und Navigator Ausschau. Doch weit und breit ist kein Land zu sehen. Und die Sterne, zu jener Zeit unverzichtbar zur Navigation, sind hinter tiefdunklen Wolken verborgen. Am Abend des dritten Tages zieht ein Sturm auf. Hoch peitschen die Wellen über das Deck. Der Kapitän lauscht in die Nacht hinaus. Der Ausguck ist doppelt besetzt. Da, hört man nicht in der Ferne das Donnern der Brandung an Felsen? Frederic zuckt zusammen unter dem Fluch des Kapitäns. „Hart backbord!", brüllt dieser. „Segel herunter!" Die Seeleute arbeiten verzweifelt gegen die Macht der Wellen und des Sturms. Das schwere Schiff hüpft wie eine Nussschale auf dem Wasser.

„Bete, wenn du noch beten kannst", fährt er den jungen Marquis an. „Wir werden direkt auf eine Küste zugetrieben, diese ... Dunkelheit. Wie der Schlund der Hölle."

Frederic taumelt hinunter in das Mannschaftsquartier. Er kramt sein Buch, seine Arbeit hervor, die er in seiner Hängematte verborgen hat. Die Sterne. Ihre Kraft, ihr Licht, das ganze kluge System – untergegangen und verborgen in einer einzigen Sturmnacht. Wo sind die Sterne, wenn man sie am nötigsten braucht? Eine mächtige Hand hat sie hinter schwarzer Finsternis verborgen. Welche Hand? Frederic schaudert es und kalte Angst fasst nach ihm.

Ächzend, wie ein verwundeter Riese legt sich das Schiff nach backbord. Das Donnern der Brandung wird lauter.

Frederic wirft sich in seine Hängematte. Leise, wie eine sanfte Erinnerung aus ferner Zeit steigen die alten Worte in ihm auf:

> *„Gott spricht und bestellt einen Sturmwind, der hoch erhebt seine Wellen. Sie fahren hinauf zum Himmel, sinken hinab in die Tiefen; es zerschmilzt in der Not ihre Seele. Sie taumeln und schwanken wie ein Betrunkener, und zunichte wird all ihre Weisheit. Dann schreien sie zu dem* HERRN *in ihrer Bedrängnis, und er führt sie heraus aus ihren Drangsalen. Er verwandelt den Sturm in Stille, und es legen sich die Wellen. Und sie freuen sich, dass sie sich beruhigen, und er führt sie in den ersehnten Hafen."*

Kann es denn sein, dass Gott – dass Gott mit ihm spricht hier mitten im Sturm? Gott, von dem ihm Vater und Mutter so viel erzählt haben, als er noch klein war, und von dem er nichts mehr wissen wollte, seit andere Ideen und Vorstellungen seine Gedanken füllten? Gott als Schöpfer, dem die Naturgewalten gehorchen, Gott als Retter durch seinen gekreuzigten Sohn, Gott als Wegweiser durch die Schluchten und Irrwege des Lebens? Ist es Gott, der ihn zurückruft von dem falschen, ja abergläubischen Vertrauen in die Sterne, der die Sterne mit mächtiger Hand verbirgt, damit er, Frederic, zur Besinnung kommt?

Das Donnern der Brandung und das Ächzen und Jammern des Schiffes werden lauter und das Brüllen der Mannschaft, die sich in höchster Not die Befehle des Kapitäns zurufen.

Frederic kämpft sich an Deck, mühsam, gegen das Wüten des Windes und der Wellen. Er hält seine Aufzeichnungen in der Hand. Noch immer ist am Himmel kein einziger Stern zu sehen, finstere Wolken jagen und schieben sich über den Horizont. Da, mit einer einzigen entschlossenen Bewegung zerreißt der junge Mann die Arbeit eines Jahres und lässt sie in alle Winden davonfliegen. Dann fällt er im Schutz der mächtigen Deckaufbauten auf seine Knie, auf die harten nassen Planken. „Gott, rette uns! Rette uns aus diesem Sturm!", ruft er laut. Er stürzt vornüber auf das Deck und bleibt lange so liegen.

Die verwegenen Seeleute lästern und spotten nicht. Sie gehen um ihn herum, kämpfen, arbeiten. Aber kein Fluchen ist mehr zu hören. Kein Geschrei.

Endlich dämmert ganz im äußersten Osten ein grauer Morgen. Der Sturm lässt nach und hört schließlich ganz auf. Und dort, am noch dunklen Himmel, ist zwischen Wolkenfetzen der Morgenstern zu sehen.

„Gott sei Dank!", murmelt der Steuermann beinahe andächtig. Schnell holt er seine Geräte, um in aller Eile eine Positionsbestimmung durchzuführen. Frederic steht ganz still und schaut.

Ein Stern als Wegweiser, so sichtbar von Gott benutzt, um sie zu retten!

Noch am gleichen Abend erreicht das Schiff sicher die schottische Küste. Frederic geht ungehindert von Bord. Sein Weg liegt nun klar vor ihm. In dieser letzten furchtbaren Sturmnacht hat er seine Sache mit Gott geregelt, ist zu Gott umgekehrt mit all seiner Schuld und Auflehnung. Nun wird er nach Hause reisen und die Eltern um Verzeihung bitten. Vielleicht – nein, bestimmt nehmen sie ihn wieder auf!

Vielleicht werden sie hören und jeder von seinem bösen Weg umkehren, so werde ich mich des Übels gereuen lassen, das ich ihnen zu tun beabsichtige wegen der Bosheit ihrer Handlungen.

Jeremia 26,3

Kehrt um, ihr abtrünnigen Kinder, spricht der Herr.

Jeremia 3,14

Der Sturm

In der Hand des Künstlers

Die klare helle Februarsonne erfüllt das Atelier mit gleißendem Mittagslicht. Der weiße Marmor des Fußbodens glänzt. Die hohen Fenstertüren, von denen eine auf die Piazza del Ufficio, die anderen beiden aber in den parkähnlichen Garten hinausführen, stehen einen Spalt offen, denn die Luft ist mild und von einer allerersten Frühlingsahnung erfüllt.

Doch der Meister scheint davon nichts wahrzunehmen. Er steht an seinem Arbeitstisch, die Hände lehmverschmiert. Vor ihm ein unansehnlicher feuchter Klumpen Ton, den er behutsam mit sanften Händen bearbeitet. Nur selten wandert sein Blick für einen Moment nachdenklich zum Fenster hinaus zum Himmel, über den kleine weiße Wolken ziehen.

Stunden sind vergangen. Die Dunkelheit ist gekommen, die Türen des Ateliers sind bis auf eine geschlossen. Auf dem Tisch des Meisters brennt eine einzelne Kerze. Und noch immer knetet, befeuchtet, modelliert und formt er den Ton.

Ein Geräusch lässt den Künstler aufblicken. Von der Piazza her hat ein junger Mann das Atelier betreten. Der Künstler schaut direkt in kühle graue Augen unter unmutig zusammengezogenen Brauen.

„Ja, ich bin endlich fertig", beantwortet er die unausgesprochene Frage seines Schülers und Assistenten. „Es tut mir leid, dass du schon zum fünften Mal nach mir schauen musst."

Röte überfliegt das hübsche Gesicht des Jüngeren. „Ich wusste nicht, dass Sie mich bemerkt haben, Maestro Giglio. Der Ofen ist für den Brand bereit."

In der Hand des Künstlers

Der Künstler lächelt traurig.

„Ja, gewiss, Tonio. Ich bemerke mehr, als du denkst. Nun sprich aus, was du auf dem Herzen hast. Ich höre!"

Der junge Mann beißt sich auf die Lippen. „Ich begreife es nicht! Warum arbeiten Sie mit dem wertlosen, lehmigen, erdigen Ton? Warum modellieren Sie keinen Marmor oder gießen Ihre Statuen in Bronze – Materialien, die beständig und wertvoll sind, wie es Ihrer wunderbaren und mühsamen Arbeit entspräche?"

„Du bist erst wenige Tage bei mir", sagt der Maestro nachsichtig und sein Lächeln ist gütig. Er hat die kleine Figur, an der er viele Stunden geformt hat, mit einem feuchten Tuch bedeckt und trägt sie vorsichtig zum Brennofen im Hof hinaus, wo schon Tongefäße und die Arbeiten anderer Künstler auf den Brand warten.

„Du hast heute lange bei mir ausgehalten, Tonio. Nun geh zur Ruhe. Morgen werden wir die Figur gemeinsam besehen und vielleicht magst du mir bei der Glasur helfen."

Am nächsten Tag ist der junge Mann pünktlich zur Stelle. Der Künstler sitzt in seinem Atelier. Auf seiner Arbeitsplatte, wo er gestern den Ton bearbeitete, liegt heute die aufgeschlagene Bibel, und er liest darin. Freundlich sieht er dann seinem Assistenten entgegen. „Nun komm", sagt er und die beiden wandern hinaus in den Hof zum Brennofen, der inzwischen abgekühlt ist.

Vorsichtig holt der Maestro seine Tonfigur heraus und sein junger Assistent trägt sie ebenso vorsichtig in das lichtdurchflutete Atelier und stellt sie auf einem hohen Postament ab.

Gemeinsam betrachten sie die Skulptur einer jungen Frau, die sich ihrem Kind liebevoll zuwendet. Ihr fein gezeichnetes Gesicht strahlt voller Liebe und das Kind blickt voller Vertrauen zu ihr auf.

Tonio schluckt und sieht den älteren Künstler wie um Verzeihung bittend an.

„Stell dir diese Figuren in Bronze vor oder in Marmor", erklärt Maestro Giglio sanft.

„Sie wären schön, doch hart und kalt", bekennt Tonio.

„So ist es", bestätigt Giglio. „Ich liebe den Ton wegen seiner Wärme und Lebendigkeit, denn er ist von der Erde wie wir. Gerade als du eintratst, las ich in der Bibel, wie Gott den Menschen schuf. Gott vergleicht sich, indem er Persönlichkeiten formt, mit einem Töpfer. Das Material ist nicht edel, es ist zerbrechlich, schnell voller Risse und Sprünge. Doch es ist lebendig und erstaunlicherweise wertvoll für Gott. Er formt daraus Kunstwerke nach seinem Sinn und Plan, gegen die all unsere Kunst völlig verblassen muss."

Tonio hat schweigend zugehört. „Wie ist das möglich?", fragt er schließlich.

„Die Frage ist sehr berechtigt. Wenn wir auf unsere eigenen Möglichkeiten sehen, unsere Fehlerhaftigkeit, unsere Bosheit, müssen wir verzweifeln", antwortet Giglio bedächtig. „Doch darum hat Gott uns seinen Sohn, Jesus Christus, gegeben. Er lebte als vollendeter Mensch bei uns und zeigte uns, wie Gott sich die Menschen gewünscht hatte. Doch nicht nur das. Gott strafte seinen Sohn an unserer statt. Jeder, der nun an Jesus Christus glaubt, bekommt neues Leben von Gott. Stell es dir so vor", Giglio geht mit schnellen Schritten zum Regal und holt einen misslungenen, rissigen Tonkrug hervor. Mit einem kleinen Hammer zerschlägt er ihn in unzählige Scherben. „Unser altes Leben – vorbei." Dann holt er einen neuen weichen Tonklumpen hervor, umhüllt damit die alten Scherben und hält ihn Tonio entgegen. „Unser neues Leben kommt von Gott, und es ist für ihn formbar, weil es von ihm kommt. Aber wir müssen es zulassen."

Tonio sagt nichts dazu.

„Möchtest du die Figur, die du eben aus dem Ofen geholt hast, bemalen und glasieren?", fragt Giglio.

Tonio schüttelt heftig den Kopf und nimmt die Figur vorsichtig in seine Hand. „Sie muss so bleiben, wie sie ist, einfach, pur, berührend!"

Ein frohes Lächeln verschönt das Gesicht des weißhaarigen Künstlers. „So möchte ich dir die Skulptur schenken. Als Erinnerung an diese Stunde!"

Daher, wenn jemand in Christus ist, da ist eine neue Schöpfung; das Alte ist vergangen, siehe, Neues ist geworden.

2. Korinther 5,17

Der Sohn des Fürsten

Seit vielen Wochen hatte es nicht geregnet. In der letzten Nacht ist etwas Furchtbares geschehen. Eine gewaltige Feuersbrunst tobte durchs Dorf. Die Flammen breiteten sich rasend schnell aus, getrieben vom trockenen Südwind.

Auch der Fürst auf Burg Kronau hat in dieser Nacht kein Auge zugetan. Sämtliche Diener von der Burg haben geholfen, Menschen und Hab und Gut zu bergen, als klar war, dass man die alten Häuser vor dem Fraß der Flammen nicht retten konnte. Erst die Kronau, der kleine Fluss, der das Dorf in zwei Hälften schneidet, brachte das Feuer zum Stehen.

An diesem Morgen in aller Frühe lässt Fürst Kronau die Kutsche anspannen, um die Schäden selbst zu besehen. Schlimm hat das Feuer gewütet. Die Menschen, die ihre gesamte Habe verloren haben, sind erst einmal bei ihren Nachbarn jenseits des Flusses untergekommen.

Kronau blickt um sich und ihn schaudert, als er diesen Ort der Verwüstung ansieht. Anklagend ragen verkohlte Balken in den fahlen Himmel. Es ist so still, kein Vogel singt.

Plötzlich, ganz am Ende des Dorfes, gewahrt er vor einer der ausgebrannten Ruinen eine Bewegung. Das ist doch die Hütte von Jakob Matthes. Jakob ist im Dorf bekannt als Tagedieb und Trinker. Doch der Fürst weiß, dass Jakob bessere Tage gesehen hat. Die Verhältnisse. Der frühe Tod seiner geliebten Frau. –

Kronau seufzt. Es ist so schnell geschehen, dass einer den Boden unter den Füßen verliert. Wer wohl käme ohne Schuld durchs Leben? Keiner, wirklich keiner, das weiß Gott! Gott allein, in seiner unbegreiflichen Liebe zu fehlbaren schuldigen Menschen hatte Erbarmen mit innerlich und äußerlich Verlorenen.

Der Fürst lässt die Kutsche halten. Er steigt aus, sieht sich aufmerksam um. Still und ausgestorben liegt das völlig ausgebrannte Haus am Ende des Dorfes vor ihm. Nichts regt sich. Ob er sich getäuscht hat?

„Matthes!", ruft er. „Matthes, sind Sie das?"

Schweigen. Nichts rührt sich.

„Matthes, so kommen Sie doch hervor! Ihnen soll nichts geschehen. Wir wollen Ihnen helfen!"

Da, zögernd, noch halb verborgen im Schutz der geschwärzten Mauerreste, erscheint ein Gesicht mit starren, angstvollen Augen, rußgeschwärzter Stirn, unter einer löchrigen Mütze.

Das ist ein Kind! Der Sohn des unglücklichen Jakob.

„Hab keine Angst", wendet sich der Fürst mit Güte an den Jungen. „Sag, wo ist dein Vater?"

Der Knabe schlägt die Hände vors Gesicht und beginnt verzweifelt zu schreien.

Eine kalte Hand greift nach dem Herzen des Mannes. Hier muss sich eine Tragödie ereignet haben! Mit einem Schritt ist er bei dem schmutzigen Jungen und hält ihn fest. „Ruhig, ganz ruhig, mein Sohn!"

Das Zittern des Knaben wird stärker, bitterliches Weinen erschüttert seinen mageren Körper.

Der Fürst hebt das Kind auf seine Arme und trägt es zur Kutsche. Der Junge wehrt sich nicht, er weint, als müsse er der Not der ganzen Welt Luft verschaffen.

Von der anderen Seite des Dorfes ist ein Boot mit einigen Männern angelandet. Mit scheuen Blicken sehen sie zu ihrem Fürsten und dem unglücklichen Jungen.

Kronau schickt einen seiner Diener zu ihnen, während er sich weiter um das Kind kümmert.

„Leute", sagt der Bote Kronaus. „Ist Jakob Matthes, der Vater des Jungen, drüben bei euch? Hat ihn jemand gesehen?"

Einer der Männer tritt vor, ein kräftiger Bauer mit grauem Bart. „Jakob Matthes hat es nicht geschafft", berichtet er mit belegter Stimme. „Er schlief in seinem Haus, als das Feuer ausbrach. Der Junge – er war wohl unachtsam mit den Zündhölzern. Wir wissen es nicht genau. Als er seinen Vater nicht wecken konnte, lief er schreiend in den Wald. – Gut, dass Sie ihn gefunden haben."

„Das ist ja grauenhaft", flüstert der Diener und schlägt erschüttert die Hand vor den Mund. „Jakob Matthes ist in seinem Haus umgekommen und der Junge ist schuld an dem Brand?"

Der Bauer nickt. Er senkt den Kopf, zieht seinen Hut ab und spricht ein stilles Gebet. Die anderen folgen seinem Beispiel.

Der Diener geht zurück. Er winkt seinem Fürsten beiseite und berichtet ihm im Flüsterton, was die Leute erzählt haben.

Der Fürst erbleicht. Wie schützend legt er die Hand auf den Kopf des unglücklichen Jungen.

„Zum Schloss!", befiehlt er und die Kutsche setzt sich wieder in Bewegung.

Kopfschüttelnd sehen ihm die Bauern am Ufer nach.

Der Sohn des Fürsten

Als die Kutsche den Vorplatz des fürstlichen Gebäudes erreicht, springt der Fürst hinaus und eilt in die Halle. Hier kümmert er sich persönlich darum, dass alles für die Aufnahme des Jungen vorbereitet wird. Die alte Hausdame erhält die Aufgabe, den Jungen in seinem verwirrten Zustand nicht allein zu lassen. Schon eine Stunde später liegt der Junge nach einer warmen Milch und einem guten Mahl gebadet und in seidenem Nachtgewand in einem wunderbar weichem Bett. Die gütige Hausdame bleibt an seinem Bett sitzen, bis der erschöpfte Junge in einen unruhigen Schlummer fällt. Dann wird sie von einer der Hausmägde abgelöst.

Nachdem der Fürst seinen Anzug gewechselt hat, der deutlich sichtbare Rußspuren aufwies, betritt er um die Mittagszeit das gemeinsame Esszimmer.

Ein schmaler junger Mann, der hochaufgerichtet am Fenster gestanden hat, wendet sich heftig um.

„Vater! Wie konntest du den Sohn dieses Tagediebs in unser Haus bringen?" Seine Stimme bebt vor Empörung.

„Jakob Matthes ist nicht mehr am Leben. Es geziemt uns nicht, in derart despektierlicher Weise von ihm zu sprechen", erwidert Kronau ruhig.

„Das wusste ich nicht." Betroffen senkt der junge Mann den Kopf.

„Lasst uns dennoch die gute Mahlzeit nicht kalt werden lassen", bittet seine Frau, eine bildhübsche, frische Erscheinung. „Es ist verständlich, Vater, dass du dich des nun elternlosen Jungen annimmst." Ihre weiche Stimme nimmt einen schmeichlerischen Ton an. „Aber musstest du ihn dafür in unser Haus bringen? Es wird Tage dauern, bis der Geruch aus dem Gästezimmer gelüftet ist."

Der Fürst sieht seine Schwiegertochter mit feinem Lächeln an. „Du musst keine Sorge um die Gästezimmer haben, Elena", versetzt er leichthin. „Denn der Junge schläft in Marias Zimmer!"

„Vater!"

„Der Junge hat alles verloren, Johannes", sagt Kronau begütigend. „Bedenke das bitte!"

„Aber Marias Zimmer! Du wolltest niemals, dass Elena dort wohnt!"

„Ihr bewohnt einen ganzen Flügel des Schlosses und könnt gern mehr Platz erhalten", erklärt Kronau geduldig.

„Du hast Maria uns immer vorgezogen!", bricht es da aus der jungen Frau heraus. Alles Sanfte ist aus ihrem Gesicht verschwunden. „Und auch jetzt gewährst du uns keinerlei Mitsprache, wer in unser Haus aufgenommen wird!"

Kronau richtet sich hoch auf. „Ich erinnere euch ungern daran, aber es ist mein Haus."

Elena will heftig auffahren. Doch dann wendet sie sich brüsk um und rauscht aus dem Zimmer.

Kronau sieht ihr für einen Augenblick bedauernd nach. Dann nimmt er an der schön gedeckten Mittagstafel Platz.

„Wollen wir jetzt dem Mahl zusprechen?"

Johannes zögert einen Moment, doch dann nimmt er ebenfalls seinen Platz ein und der Diener trägt das Essen auf. Schweigend wird die Mahlzeit eingenommen. Nach dem Dessert lehnt sich Kronau zurück.

„Bist du ebenfalls der Ansicht, dass ich euch Maria gegenüber benachteiligt habe?", fragt er ruhig.

„Nein, natürlich nicht!", erwidert Johannes ein wenig zu schnell. „Elena – sie meint es nicht böse."

„Denkst du das wirklich?", fragt sein Vater traurig.

Johannes braust auf. „Du bist so ungerecht gegen Elena! – Sie ist noch jung und hat ihren Platz, ihre Ruhe noch nicht gefunden", fügt er ruhiger hinzu.

„Ich mag deine junge Frau", erwidert sein Vater.

„Doch vielleicht kann ich sie besser einschätzen als du. Für Elena ist es unerträglich, wenn sie nicht überall und sofort ihren Willen bekommt. Da sehe ich noch Probleme auf dich zukommen."

„Du kennst sie wirklich nicht. Sie hat ein weiches Herz!"

„Lass es gut sein, mein Sohn." Kronau legt seine Serviette beiseite und steht auf. „Wir sehen uns heute Abend."

******

Am nächsten Morgen ist der Fürst ungewöhnlich früh auf. Die dramatischen Ereignisse der letzten Tage haben ihn nur wenig zur Ruhe kommen lassen.

Dann betritt er die große Halle. Er beabsichtigt einen frühen Ausritt, auch um noch einmal nach dem Vater des Jungen zu forschen. Gerade will er nach seinem Stallknecht rufen, da bemerkt er aus dem Augenwinkel eine Bewegung an der schmalen Pforte, die im Hintergrund der Halle in den Garten hinausführt. Der Fürst wendet sich um und erblickt die magere Gestalt, barfuß und in zerknittertem Seidennachthemd, die sich mit fahrigen Händen an dem Schloss zu schaffen macht.

„Guten Morgen, mein Junge", sagt der Fürst gütig. „Konntest du auch nicht mehr schlafen? – Diese Pforte zum Garten ist meist verschlossen. Doch du kannst jederzeit den Haupteingang benutzen. Hast du schon gefrühstückt?"

Der Junge fährt herum und steht mit dem Rücken zur Pforte. Sein Blick ist gehetzt. „Lassen Sie mich gehen", stammelt er. „Ich gehöre nicht hierher."

„Wo möchtest du denn hin?", fragt der Fürst sanft.

Der Junge zuckt hilflos die Achseln. „Ich weiß nicht. Vielleicht in den Wald, das geht für eine Weile. Vielleicht gibt mir auch jemand gegen Arbeit etwas zu essen und einen Platz zum Schlafen."

„Ich habe da eine andere Idee", widerspricht Kronau freundlich. „Aber das besprechen wir beim Frühstück."

Der Junge schaut forschend in die Augen des Fürsten, die voller Güte auf ihn gerichtet sind. Zögernd nickt er.

Obwohl Kronau schon gefrühstückt hat, lässt er sich ebenfalls ein Gedeck auflegen. Der Diener wundert sich, ist jedoch zu gut geschult, um sich etwas anmerken zu lassen.

Nachdem der Fürst ein Dankgebet gesprochen hat, was der Junge mit großen Augen registriert, faltet der Fürst seine Serviette auseinander, nimmt von dem duftenden Brot aus dem silbernen Brotkorb, bestreicht es mit Butter und einem köstlichen Aufstrich aus frischen Früchten. Der Junge beobachtet ihn aufmerksam und versucht es, dem Fürsten gleich zu tun. Dieser nickt zufrieden. Obwohl der Junge bestimmt Hunger hat, stürzt er sich nicht gierig über das Essen, sondern versucht, sich gut zu benehmen.

Der Junge nimmt einen tiefen Schluck aus seinem kunstvoll geschliffenen Milchglas. Dann faltet er seine Serviette zusammen, so wie er es bei Kronau gesehen hat, und lehnt sich zurück.

„Vielen Dank, das war sehr gut", sagt er höflich.

„Greif noch beim Obst zu, sonst sind unser Gärtner und unsere Köchin beleidigt."

Der Junge gehorcht gern und beißt in eine goldgelbe Birne.

Kronau sieht ihm lächelnd zu.

„Wie heißt du?"

Die Miene des Jungen umwölkt sich. „Jakob – wie mein Vater."

„Wie alt bist du?"

„Ungefähr elf, glaube ich."

„Dein Vater hat deinen Geburtstag nicht mit dir gefeiert?"

Jakob schüttelt den Kopf. „Das ist nicht schlimm", fügt er gleich hinzu. „Er hat einfach vergessen, wann ich geboren bin."

„Mhh, dann müssen wir dir einen neuen Geburtstag geben. Was hältst du von heute?"

„Ich verstehe nicht …"

„Schau, ich habe auch zwei Geburtstage. Der zweite erinnert mich an den Tag, als Gott mich aus großer Not errettet hat und mein zweites Leben, mein Leben mit Gott begann. Das war, als mein Gewissen mich anklagte und ich meine Lebensschuld wie eine quälende Last spürte. Da hat Gott mir vergeben, als ich ihm meine Sünden bekannt habe. Weil Gottes Sohn, Jesus Christus, mein Herr, die Strafe an meiner Stelle auf sich genommen hat."

Der Junge lauscht den Worten nach. „Von Jesus habe ich schon einmal gehört", sagt er. „Meine Mutter hat mir von ihm erzählt, als ich noch ganz klein war."

„Also abgemacht. Dein Geburtstag ist ab jetzt heute, am 24. August."

„Ich glaube nicht, dass es einen Unterschied macht."

„Das denke ich wohl. – Vielleicht möchtest du auch einen neuen Namen haben?"

Jakob nickt heftig.

„Hast du einen Wunsch?"

„Ich glaube nicht."

„Ich würde dich gern Benjamin nennen. Weißt du, was das bedeutet?"

„Nein."

„Sohn meines Glücks!"

„Das klingt aber schön."

„Ich würde dich gern in mein Haus aufnehmen und adoptieren."

„Vater!" Der empörte Ausruf kommt von Johannes Kronau, der unbemerkt das Frühstückszimmer betreten hat. Ihm folgt die Hausdame, die ein besorgtes Gesicht macht.

„Guten Morgen, Johannes. Gut, dass du kommst, dann können wir bei deinem Frühstück gleich alles Nötige besprechen. – Schläft Elena noch?"

„Nein." Johannes sieht seinen Vater erbittert an. „Sie wird gleich kommen."

„Gut, gut. Dann warten wir noch auf sie."

Als die junge Frau kurze Zeit später im Speisezimmer erscheint, räuspert sich der Fürst.

„Ihr Lieben, ich habe euch beiden eine Mitteilung zu machen. Benjamin, der Sohn des unglücklichen Jakob Matthes, wird bei uns im Haus bleiben. Ich beabsichtige, ihn zu adoptieren und hoffe sehr, dass ihr ihn freundlich aufnehmt. Der Junge hat keine Eltern mehr."

Benjamin lässt den Kopf tief auf die Brust sinken und wagt nicht aufzusehen. Aufmunternd legte der Fürst seine kräftige Rechte auf die zitternde Hand des Jungen.

Einen Moment ist es so still, dass man eine Stecknadel fallen hören könnte.

„Das ist nicht dein Ernst, Vater!", sagt Elena schneidend. Es ist keine Frage, sondern eine Feststellung. „Das kann nicht dein Ernst sein! Ein solches Unrecht kannst du uns nicht zufügen!"

„Euch Unrecht zufügen? Das musst du mir erklären!"

„Wenn du uns dieses Lumpenkind gleichstellst?"

„Elena, bitte mäßige dich!", versucht Johannes zu vermitteln.

Die junge Frau springt auf. „Du trittst das Gebot der Elternliebe mit Füßen, indem du deinen Sohn verachtest!"

„Es ehrt dich, dass du so für deinen Mann kämpfst", sagt der Fürst mit feinem Spott. „Aber glaube mir, ich weiß, was ich tue!"

„Eben das glaube ich nicht, wenn du diesen Vatermörder uns gleichstellst!"

„Elena!"

Noch nie hat die junge Frau ihren geduldigen Schwiegervater so zornig gesehen. „Wenn du uns dieses Unrecht antust, wird das Folgen haben", beharrt sie. „Komm Johannes, wir gehen!"

Johannes legt seine Serviette auf den Teller und erhebt sich. „Elena hat recht, das geht zu weit!"

Als das junge Paar den Raum verlassen hat, herrscht für einen Moment Stille. Der Diener hat sich diskret zurückgezogen.

Benjamin sitzt wie erstarrt auf seinem Stuhl. Sein Gesicht ist totenblass.

Der Fürst legt den Arm um ihn. „Es tut mir so leid, mein Junge!", sagt er leise.

„Es ist ja wahr", bringt Benjamin stockend heraus. „Ich bin ein Vatermörder." In seinen Augen liegt Grauen.

„Das bist du nicht!", widerspricht Kronau energisch. „Du wolltest niemandem schaden!"

„Aber ich war ungehorsam. Ich sollte die Streichhölzer nicht benutzen."

„Du hattest es gut gemeint, wolltest die Aufgaben erfüllen, die eigentlich die deines Vaters waren."

Ein Fünkchen Hoffnung erscheint in den Augen des Jungen. „Das ist wahr. Ich wollte nicht spielen, ich wollte Feuer für den Tee machen."

„Siehst du."

„Aber nun ist er tot."

„Es war ein trauriges und tragisches Unglück."

„Ich habe ihn getötet."

„Das Feuer hat ihn getötet. Verzeih mir, wenn ich das über deinen Vater sage, Benjamin: Wenn er nicht betrunken gewesen wäre, hätte er sich wie die anderen vor dem Feuer gerettet."

„Und die anderen Leute von Kronau habe ich um alles gebracht, was sie besaßen."

Kronau hört überrascht zu. Es bewegt ihn, dass der Junge sich über die Folgen seines Missgeschicks so lebhaft im Klaren ist.

„Ich muss fort von hier." Benjamin sieht sich gehetzt um. „Sie werden mich hassen. Das alles kann ich nie wieder gut machen."

„Hör zu, mein Junge! Der Grund und Boden gehört mir. Und ich werde den Dorfbewohnern ihr Hab und Gut ersetzen, dann kann dich niemand mehr beschuldigen. Und was Elena und Johannes betrifft, werde ich nicht dulden, dass sie dich schlecht behandeln. Hab Mut, Benjamin. Keiner von uns ist ohne Schuld."

„Sie auch nicht?", fragt der Junge überrascht.

„Nein. Überhaupt nicht. Gott gegenüber war ich ein Schuldner genau wie du, kein bisschen besser. Wirklich kein bisschen!"

Benjamin sieht den Fürsten mit großen Augen an. „Das verstehe ich nicht."

„Glaube mir einfach! Du wirst es später verstehen. Ich verspreche es dir."

Einige Tage sind vergangen. Die Stimmung im Haus des Fürsten ist aufs Äußerste gespannt. Johannes und Elena sprechen nur das Nötigste mit dem Vater. Man sieht sich nur bei den Mahlzeiten.

Draußen auf dem Vorplatz vor dem Schloss ist an diesem Morgen Räderrattern und das Wiehern von Pferden zu hören. Der Fürst tritt ans Fenster und sieht hinaus. Benjamin huscht an seine Seite. Erleichtert sieht er zu, als der junge Fürst Johannes und seine Frau in die schöne Kutsche steigen und davonfahren. Er atmet wie befreit auf. Doch das Gesicht des Fürsten ist ernst und traurig.

Johannes und seine Frau haben eine Stunde später die Stadt erreicht. Hier suchen Sie Herrn von Washausen auf, den langjährigen Rechtsanwalt und Notar Kronaus, außerdem ein enger Freund der Fürstenfamilie.

Der Rechtsanwalt nimmt sich sofort Zeit, als ihm Kronaus gemeldet werden.

Lebhaft springt er auf, tritt seinen Klienten entgegen und begrüßt sie herzlich.

„Geht es Ihrem Herrn Vater wohl?", fragt der Rechtsanwalt, während er seinen Besuchern Platz anbietet.

„Nein, es geht ihm nicht gut", sprudelt die junge Fürstin hervor. „Wir müssen leider annehmen, dass er den Verstand verloren hat und wollen rechtliche Schritte gegen ihn prüfen."

„Elena, bitte!", weist sie Johannes mild zurecht. Doch auch auf seinem Gesicht liegt Erbitterung.

Der Rechtsanwalt schaut die jungen Leute nachdenklich und betroffen an.

„Bitte erzählen Sie der Reihe nach!", wendet er sich an Johannes.

„Bei einem Brand im Dorf Kronau ist einer unserer Pächter leider verstorben. Eine tragische Geschichte, auch wenn der verwitwete Mann nicht den besten Leumund hat. Er hinterlässt einen Knaben. Mein Vater hat sich entschlossen, diesen Waisenjungen ins Haus aufzunehmen und zu adoptieren."

„Was sagen Sie dazu, Herr von Washausen?", fragt Elena. „Ist das nicht geradezu verrückt zu nennen?"

„Es steht mir nicht zu, die Pläne meiner Mandanten zu beurteilen", erwidert der Rechtsanwalt ruhig.

„Nun, uns steht das sehr wohl zu!", trumpft Johannes auf. „Wir möchten rechtlich gegen diesen Entschluss vorgehen. Ein solcher Familienzuwachs ist uns unerträglich. Außerdem würde dieser neue Sohn auch mit erben."

„Die Vermögensverhältnisse Ihres Vaters sind ausgezeichnet zu nennen, so dass ein geteiltes Erbe Sie beide nicht arm machen würde."

„Darum geht es nicht!" Johannes spricht sich mehr und mehr in Rage. „Ein Waisenjunge von zweifelhafter Herkunft wird uns, den ehelich geborenen, legitimen Kindern gleichgestellt, vielleicht sogar vorgezogen. Ich bin der einzige Sohn des Fürsten! Ich muss auf meinen Rechten bestehen! Welche Möglichkeiten gibt es, rechtlich gegen meinen Vater vorzugehen?"

Der Rechtsanwalt hat ruhig zugehört. „Als Rechtsanwalt muss ich Ihnen von einem solchen Schritt abraten, als Freund der Familie erst recht. Auf welcher Grundlage wollen Sie denn klagen?"

„Das Recht der Geburt!", erwidert Johannes schneidend. „Wir bestehen darauf."

Washausen schüttelt traurig den Kopf. „Sie befinden sich im Irrtum, Fürst Kronau", sagt er fest. „Ihr Vater hat Ihnen nie von Ihrer Herkunft erzählt, doch nun hat er mich gestern schriftlich ermächtigt, Sie darüber in Kenntnis zu setzen."

„Mein Schwiegervater hat damit gerechnet, dass wir zu Ihnen kommen?", fällt Elena verwirrt ein.

„Offensichtlich. Als Ihr Vater Ihre Mutter heiratete, war diese bereits verwitwet und brachte zwei Kinder mit in die Ehe, Sie, Johannes, und Ihre Schwester Maria."

„Das ist nicht wahr!", widerspricht Johannes empört.

„Bitte hüten Sie Ihre Zunge!", erwidert der Rechtsanwalt. „Wie können Sie mich der Lüge zeihen! Ich kann Ihnen die entsprechenden Dokumente vorlegen. Ihre Mutter stammte aus bürgerlichen Verhältnissen."

Elena ist bleich geworden. „Johannes, was haben wir getan? Du bist genauso wenig ein Fürstensohn wie Benjamin. Oh, wie konnten wir nur!"

Eigensinnig schüttelt Johannes den Kopf. „Aber dieser Sohn eines Taugenichts!"

„Dieser Taugenichts hat einst Sie und Ihre kleine Schwester vor dem Ertrinken gerettet, als Sie auf dem tiefen Schlossteich aus dem Boot stürzten."

Johannes fährt sich mit der Hand über die Stirn. „Das alles habe ich nicht gewusst", stöhnt er. „Wer bin ich denn dann? Nichts. Nichts."

„Aber Fürst Kronau, Sie sind der geliebte Sohn Ihrer Eltern!"

„Herr von Washausen hat recht, Johannes", sagt Elena. „Bitte, fasse dich."
Das junge Ehepaar legt den Weg zum Schloss fast schweigend zurück. Wieder und wieder fährt sich Johannes verzweifelt über sein bleiches Gesicht.

Elena betrachtet ihn still.

Die Kutsche hält vor dem Portal des Schlosses. Elena fasst Johannes' Hand. „Komm, lass uns zum Vater gehen und ihn um Verzeihung bitten!"

„Ich, ich kann das noch nicht. Gib mir etwas Zeit!"

„Nein! Johannes, bitte! Wir haben Unrecht getan!"

„Ich weiß!"

„Komm!"

Sie treffen Fürst Kronau und Benjamin in der Bibliothek an. Elena eilt auf ihren Schwiegervater zu. „Wir haben dich und Benjamin gekränkt! Das war falsch. Bitte verzeih!"

Die Augen des Fürsten werden feucht, als er seiner Schwiegertochter die Hand reicht. Dann schaut er seinen Sohn an.

Johannes tritt vor den Fürsten. „Du hast uns durch Washausen eine bittere Lektion erteilt. Du hast gewonnen, ich sträube mich nicht länger gegen Benjamins Adoption", stößt er mühsam hervor. „Ich bin ja genauso wenig dein Sohn wie er."

„Johannes!", ruft Elena entsetzt. „Verzeih ihm, Vater! Und du auch, Benjamin." Sie fasst die Hand des Jungen, der mit großen Augen dem Gespräch gefolgt ist.

„Johannes, habe ich es dir jemals an etwas fehlen lassen?", fragt der Fürst leise.

Sein Sohn schüttelt zögernd den Kopf.

„Vielleicht hätte ich es euch viel früher sagen sollen, dass ich nicht euer leiblicher Vater bin. Aber glaube mir, mein Sohn, es war für mich überhaupt nicht von Belang. Ich habe dich und Maria vom ersten Tag an geliebt."

Johannes nickt matt. „Lass mir ein wenig Zeit, mich wiederzufinden. Und ja, verzeih mir, Vater!"

„Es tut mir auch leid, mein Sohn. Dir muss zumute sein, als hätte man dir den Boden weggezogen."

„Ich habe es mir selbst zuzuschreiben durch meinen Dünkel", bekennt Johannes. Er atmet tief auf. „Kann es denn wieder gut werden zwischen uns, Vater?"

„Aber natürlich! Einerseits hätte ich dir die Stunde heute gern erspart. Doch ich wünsche mir vor allem, dass ihr versteht, dass keiner von uns ein Anrecht, ein verbrieftes Geburtsrecht vor Gott hat! Vor Gott sind wir Bettler, der Fürst wie der Vagabund. Gott ist heilig, gerecht und gut. Und jeder Mensch, wirklich jeder von uns, lebt von Natur im Aufruhr gegen Gott. All unsere Selbstbestimmtheit, unsere Arroganz, unsere Überheblichkeit sind Beleidigungen Gottes. Macht es euch bitte klar: Wir alle haben Gottes Gebote übertreten. Keiner von uns ist ohne Schuld, sondern wir sind alle angewiesen auf die Gnade, die wunderbare grundlose Gnade Gottes!

Denn es ist hier kein Unterschied: Sie sind allesamt Sünder und ermangeln des Ruhmes, den sie vor Gott haben sollen, und werden ohne Verdienst gerecht aus seiner Gnade durch die Erlösung, die durch Christus Jesus geschehen ist.

Römer 3,22-24 LU

Der Sohn des Fürsten

Luthers Lied

Das Abendessen ist vorüber. Der Tisch ist – wie fast immer im Hause Luthers – bis auf den letzten Platz besetzt. Ja, Frau Käthe teilt sich sogar mit ihrem jüngsten Kind einen Stuhl, eine ihrer Nichten sitzt neben ihr vor Kopf am Tisch.

Jetzt wird das Geschirr abgetragen. In der geräumigen Küche stapeln sich Teller und Becher und lautes Klappern ist zu hören.

Dr. Martinus sitzt am anderen Ende des Tisches. Während des Essens war das Gespräch laut und lebhaft, doch nun wird es still.

„Lasst uns noch ein Lied miteinander singen!", schlägt Luther vor. Eins seiner Kinder springt sofort auf, als hätte es nur auf dieses Stichwort gewartet, und bringt ihm die Laute.

Luther schlägt einige Töne auf dem schönen Instrument an. Dann beginnt er zu singen:

„Wir glauben all an einen Gott,
Schöpfer Himmels und der Erden,
Der sich zum Vater geben hat,
Dass wir sein Kinder werden.
Er will uns allzeit ernähren,
Leib und Seel auch wohl bewahren;
Allem Unfall will er wehren,
Kein Leid soll uns widerfahren.
Er sorget für uns, hüt' und wacht;
Es steht alles in seiner Macht.

Wir glauben auch an Jesum Christ,
Seinen Sohn und unsern Herren,
Der ewig bei dem Vater ist,
Gleicher Gott von Macht und Ehren,

Von Maria, der Jungfrauen,
Ist ein wahrer Mensch geboren
Durch den Heil'gen Geist im Glauben;
Für uns, die wir warn verloren,
Am Kreuz gestorben und vom Tod
Wieder auferstanden durch Gott.
Wir glauben an den Heilgen Geist,
Gott mit Vater und dem Sohne,
Der all Schwachen Tröster heißt
Und mit Gaben zieret schöne,
Die ganz Christenheit auf Erden
Hält in einem Sinn gar eben;
Hie all Sünd vergeben werden;
Das Fleisch soll auch wieder leben.
Nach diesem Elend ist bereit'
Uns ein Leben in Ewigkeit. ..."

Luthers Stimme ist wohlklingend und kräftig. Das Lied scheint bekannt zu sein, denn die Männer am Tisch stimmen fröhlich ein, dann singen auch die Knechte und Mägde mit.

Markus Sonbeck, der junge Studiosus, der neu ist im Haus Luthers, hört schweigend zu. Die kraftvollen Worte dringen in sein Herz und berühren ihn sehr. Und die mitreißende Melodie prägt sich ihm sofort ein. Er möchte den Text gern lernen. Als das Lied verklungen ist, bittet er Luther um die gesungenen Worte.

Dr. Martinus schaut ihn fröhlich an. „Ich werde sie für dich abschreiben", verspricht er, „damit du beim nächsten Mal kräftig mitsingen kannst!"

„Vielen Dank." Markus zögert noch einen Moment.

„Hast du etwas auf dem Herzen?", fragt Luther freundlich.

„Es ist so ungewohnt, sogar die Lieder zu den Predigten in unserer Sprache zu hören und zu singen. Wo ich herkomme, wurde viel lateinisch gesungen, in den Gottesdiensten waren alle Gesänge auf Latein."

Luther schüttelt unwillig seinen großen Kopf. „Du bist vertraut mit dem Lateinischen. Aber was ist mit den mühsam arbeitenden Menschen in unseren Städten, die nur Deutsch verstehen? Wie sollen sie mit dem Herzen singen und Gott danken, wenn sie nicht wissen, was sie singen?"

„Das ist wahr", gibt Markus zu. „Daran hatte ich noch nie gedacht!"

Luther nickt besänftigt. „Siehst du, ein einfaches Lied, das die frohe Botschaft in verständlichen Worten enthält, prägt sich viel unmittelbarer und leichter ein. Ich behaupte, das Psalmlied, ein Lied mit biblischem Inhalt, ist die gute Botschaft für die, die keine weiterführende Schule besucht haben und noch keine Bibel in ihrer Sprache besitzen. Sie können singend verstehen und ihre Herzen werden froh. Natürlich sind die Lieder auch für die Studierten."

Markus nickt nachdenklich. Das Lied, das die frohe Runde am Tisch Luthers eben gesungen hatte, klingt noch in seinem Herzen nach.

„Von wem stammt das Lied?"

„Du meinst jenes, das wir gerade sangen? Die erste Strophe beruht auf einem alten Hymnus, die weiteren Verse habe ich hinzugefügt und in Töne gesetzt."

„Es ist sehr schön. Meine kleine Schwester daheim in Mainz würde es sehr mögen", beginnt Sonderbeck zögernd. „Sie ist so ..."

„Ja?" Luther schaut ihn freundlich an.

„Nun, sie liebt die Musik und singt den ganzen Tag. Sie hat lateinische Lieder übersetzt und auch eigene Lieder gedichtet, aber ich habe es ihr untersagt."

„Warum hast du es ihr verboten?", fragt Luther und runzelt die Stirn.

„Ich dachte doch, dass man Gott nur mit lateinischen Worten loben soll."

„Meinst du, die Apostel Jesu Christi haben lateinisch gesungen?"

Sonderbeck schüttelt den Kopf.

„Siehst du, sie haben, wie es damals üblich war, mit ihrem Herrn Jesus Christus aramäisch gesprochen, gesungen und gebetet, da bin ich mir sicher. Latein als Gottesdienstsprache ist doch erst viel später aufgekommen."

„Ich werde meiner Schwester schreiben und ihr das Lied mitschicken, das wir heute gesungen haben."

Luther nickt zufrieden. „Sage ihr einen Gruß von mir und sie möge fortfahren, fromme Lieder zu dichten. Es ist ein wohlgefälliges Werk!"

Lasst das Wort des Christus reichlich in euch wohnen, indem ihr in aller Weisheit euch gegenseitig lehrt und ermahnt mit Psalmen, Lobliedern und geistlichen Liedern, Gott singend in euren Herzen in Gnade.

Kolosser 3,16

Ick naeckt de liên teeraen
En foude geeren houden goey maet
Maer niemant en wil mijn ipel verftaen
Soo ift beft dat ick t'late

Eij fiet papis buter ghebock met heftelen ain vuighen
Daer om mijn Catte leeken niet als ic plaegen
Maer compaginien vijnen oft den koeken en Spijgeren
Sou ilt geselschap willen veraghen

Man kann Martin Luther, den großen Reformator (1483-1546), als Erfinder des deutschen Gemeindegesangs bezeichnen. Zwar gab es schon vor Luther deutsche Lieder mit christlichem Inhalt, doch sie wurden nicht in den Kirchen gesungen.
Wohl auch Frauen in Luthers Umfeld dichteten Lieder, prominentes Beispiel ist die ehemalige Nonne Elisabeth Cruciger (um 1500-1535), verheiratet mit dem Lutherfreund Caspar Cruciger. Ihr Lied „Herr Christ, der einig Gottes Sohn" gefiel Luther sehr und nahm es schon in sein erstes Gesangbüchlein auf. Es wird bis heute gesungen.

Dezember 1587. Es waren noch wenig Stunden bis zum neuen Jahr. Im letzten Licht der Dämmerung kletterte Irnfried mühsam bergan. Dicke Schneeflocken trieben durch die Luft und machten eine Orientierung fast unmöglich. Kein Zweifel, er hatte den Weg verfehlt. Nichts deutete darauf hin, dass das schroffe Felsmassiv, welches in der Dämmerung vor ihm aufragte, einen Pass ins nächste Tal hinab verbergen könnte.

Irnfried blies in seine eiskalten Hände. Er blieb für einen Moment stehen und sah hinauf zu den Wolken. Es war nicht ein einziger Stern am Himmel zu sehen, an dem er sich hätte orientieren können. Eintönig und stetig stieben die weißen Flocken herab und verwandelten Weg und Fels in eine weiße Einöde.

Plötzlich durchbrach ein unheimlicher Laut die Stille. Irnfried zuckte zusammen und fasste nach seiner Waffe. Wölfe!

Das Leittier des Rudels stand keine zwanzig Meter vor ihm. Seine grünen Augen leuchteten in der Dunkelheit. Ein kurzes kläffendes Bellen, und immer mehr Tiere tauchten auf dem Felsgrat vor Irnfried auf. Das Leittier kam langsam näher und zog die Lefzen herunter, so dass seine scharfen Reißzähne zu sehen waren.

Doch nun leuchtete in der Felswand über Irnfried ein helles Licht auf, welches direkt aus dem Felsen zu kommen schien. Es näherten sich eilig laufende Schritte.

„Hej, haut ihr ab, weg mit euch!", schrie eine tiefe Männerstimme. Der Fremde warf eine brennende Fackel nach dem Leitwolf, mit einer zweiten fuhr er auf das Tier los, das sich knurrend zurückzog. Die anderen Tiere folgten lautlos und in wenigen Sekunden waren die Wölfe wie ein Spuk verschwunden.

Irnfried zitterten noch die Knie, als der Fremde auf ihn zutrat und knapp fragte: „Wohin des Weges?"

„Nach Langensteinau."

„So seid Ihr weit vom Weg abgeirrt. Kommt mit."

Irnfried folgte dem Mann direkt zu der Steilwand, die schroff und unbezwingbar vor ihnen aufragte und in der nun ein Licht aufleuchtete. Irnfried erkannte staunend grob ausgehauene Felsenfenster über sich. Der Fremde führte ihn zu einem Eingang, der geschickt hinter einem Felsen verborgen lag.

„Wo – wo bin ich hier?", stotterte Irnfried.

„Burg Sessneck. Folgt mir."

Der Fremde führte ihn durch eine große Halle, die nur von einigen Kerzen erleuchtet wurde und brachte ihn in ein behagliches Felsenzimmer, in dem ein Kaminfeuer brannte und wohlige Wärme verbreitete. Ein Mann und eine Frau saßen nebeneinander am Tisch und lasen in einem prächtigen Buch. Beim Eintritt der beiden Männer blickten sie auf.

„Ein Wanderer, der sich verirrt hat", meldete Irnfrieds Begleiter.

„Lasst ein Essen für unseren Gast bereiten", sagte die Frau freundlich. „Setzt euch, Fremder!", wandte sie sich an Irnfried.

Irnfried sank matt auf die roh gezimmerte Holzbank, die mit Decken und Fellen belegt war. Der Besitzer von Sessneck reichte ihm einen Becher mit kühlem Wasser. Irnfried trank. Schon wenige Augenblicke später wurde eine Mahlzeit für ihn aufgetragen.

„Ich weiß nicht, wie ich's Euch vergelten soll", sagte Irnfried zwischen zwei Bissen. „Zuerst wurde ich vor den Wölfen gerettet. Und nun darf ich Gastrecht genießen."

„Redet nicht", unterbrach ihn die Frau freundlich. „Walter, der Euch hergebracht hat, wird Euch ein Lager für die Nacht anweisen."

„Auch mir wurden diese Höhlen im Felsen einst zur Rettung", erzählte der Burgherr. „Es war in einer Nacht wie dieser. Ich war auf der Flucht und hatte mich verirrt, als ich die Öffnungen im Felsen entdeckte, die sich weit ins Bergmassiv hineinziehen. Ich fand hier, im Berg, in der Erde, eine Zuflucht für mich und die Meinen, baute die Felsen aus zu einer Höhlenburg. Wie schön, wenn ich hin und wieder einem Wanderer Schutz anbieten kann."

„Das Gastrecht ist uns wichtig", fügte seine Frau hinzu. „Wir dürfen etwas von dem Schutz, den Gott uns an jedem Tag neu gewährt, weitergeben."

„Gott?", fragte Irnfried. Und eine verschüttete Erinnerung regte sich irgendwo in seinem Herzen.

„Ja, von Gott, der unsere Zuflucht ist."

Irnfried sah sie lange an. Sein Blick war voller Fragen.

„Gott sah unsere Not, unsere Schutzlosigkeit, dass wir in Hass, Schuld und Tod verstrickt sind. Da hat Gott seinen Sohn auf die Erde gesandt. Er ist zum Bergungsort für uns geworden, in dem er unsere Schuld am Kreuz getragen hat. Gottes Sohn am Kreuz ist unsere Zuflucht. Zu ihm können wir fliehen. Ihn um Vergebung bitten für alles."

„Alles?", fragte Irnfried mit leiser zitternder Stimme.

„Ja, für alles. Was auch immer wir getan haben, Gott vergibt uns in seinem Sohn, wenn wir an ihn glauben."

„Auch einen Verrat?"

„Ja." Der Burgherr beugte sich über das große Buch und las: „Wenn wir unsere Sünden bekennen, so ist er treu und gerecht, dass er uns die Sünden vergibt und uns reinigt von aller Ungerechtigkeit."

Irnfried hörte still zu. Und er wusste, er hatte an diesem friedlichen Ort mitten im Berg nicht nur eine Zuflucht vor den Wölfen draußen gefunden, sondern eine Zuflucht für sein belastetes Gewissen, einen Weg, frei zu werden von seiner Schuld.

Und ich werde sie reinigen von all ihrer Ungerechtigkeit, womit sie gegen mich gesündigt haben; und ich werde alle ihre Ungerechtigkeiten vergeben, womit sie gegen mich gesündigt haben und womit sie von mir abgefallen sind.

Jeremia 33,8

Die Nacht von Weihnachten

Vorgelesen am Enkel-Tag am 07.07.

In seine schafwollene Decke gewickelt zwischen die Felsen gekauert, die ein wenig Schutz bieten vor dem unaufhörlich zur Erde rieselnden Schnee, hat Jan Henrik die Nacht verbracht. Kein Stern ist am Himmel zu sehen, keine Sonne am Morgen, seit er vor zwei Tagen bei einbrechendem Frost den Weg in sein Heimatdorf auf der tief verschneiten Ebene verloren hat. Die bewaldeten, felsigen Hügel, die am vergangenen Abend am Rand der Ebene auftauchten, sind ihm ganz fremd. Kein Wegweiser, kein Licht in der erbarmungslosen weiten, weißen Einöde zeigt ihm den Weg.

Mühsam rappelt sich Jan Henrik auf. Er blinzelt hinauf in den grauen Himmel. Er quält seinen von Hunger und Erschöpfung geschwächten Körper vorwärts, in das steinige Hügelland hinauf. Endlich hat er den höchsten Punkt erreicht. Zu seinen Füßen erstreckt sich ein weiter See, dessen äußerste Ränder zuzufrieren beginnen. In der Mitte des Sees liegt eine kleine bewaldete Insel.

Jan Henrik strengt seine Augen an. Das Tal scheint menschenleer. Nur auf der Insel liegt ein Gehöft, ein Bauernhof oder das Haus eines einsamen Fischers. Rauch ringelt sich aus dem Schornstein, zeugt von Schutz und Wärme in den steinernen Mauern.

Zitternd wickelt sich Jan Henrik enger in seine Decke. Er haucht in seine steif gefrorenen Hände, schaut hinunter ins Tal und hinüber zu den anderen Hügelkämmen. Still liegt die Landschaft vor ihm in grandioser Einsamkeit. Keine Spur von Leben, außer in dem Steinhaus auf der Insel, unerreichbar fern durch die eisigen Wasser des Sees.

Die Nacht von Weihnachten

Aber trotzdem, das Haus und seine Bewohner sind seine einzige Hoffnung. Jan Henrik schleppt sich hinunter ins Tal. Unendlich langsam. Jeder Schritt wird zur Qual für seinen vor Kälte schmerzenden Körper.

Endlich hat der verzweifelte Mann das Ufer des Sees erreicht. Wenn doch der See schon gefroren wäre! Aber die dünne Eisschicht am Rand trägt sein Gewicht nicht und reicht ohnehin nur wenige Meter weit.

Dort vor ihm, nur durchs Wasser getrennt, liegen Schutz und Wärme, sicher auch Nahrung und ein Lager zum Ausruhen. Aber das nützt ihm überhaupt nichts. Kein Weg führt über das Wasser.

„Hilfe!", schreit Jan Henrik. Er sinkt am Ufer zusammen. „Hilfe! Hört mich denn niemand?! Hilfe!" Seine Stimme klingt ganz fremd und heiser und brüchig. „So helft mir doch!" Jan Henrik spürt, wie die Kälte ganz von ihm Besitz ergreift und dann – nichts mehr.

Als Jan Henrik erwacht, fühlt sich sein ganzer Körper steif und seltsam schwerelos an. Er hat keine Kraft mehr, um sich aufzurichten.

Da – auf einmal dringt ein leiser Laut an sein Ohr. Ein Plätschern. Vielleicht ein einsamer Schwan auf dem See, denkt Jan Henrik ohne Hoffnung.

Doch das Plätschern wird lauter. Es kommt näher. Dann ein Geräusch, als schlüge neben ihm ein Kahn ans Ufer.

Vorsichtige Hände greifen nach Jan Henrik, richten seinen Oberkörper auf.

Mühsam öffnet Jan Henrik die Augen. Ein älterer Mann beugt sich besorgt über ihn. Sein Gesicht ist bärtig und vom Wetter gegerbt, aber die steingrauen Augen blicken lebhaft und gütig. Mit einem Arm hält er Jan Henrik aufrecht, mit der anderen Hand gießt er ein dampfendes, duftendes Gebräu aus einer Thermoskanne in einen Becher und flößt es ihm ein. Jan Henrik hustet. Der Tee besteht aus entsetzlich bitteren Kräutern und brennt in seiner Kehle wie Feuer. Doch in seinem Magen breitet sich wohlige Wärme aus und dringt durch seinen ganzen Körper.

Der Fremde hilft Jan Henrik auf die Füße und geleitet ihn fürsorglich zu dem dunklen Holzkahn, der am Ufer liegt. Mit großer Mühe gelingt es Jan Henrik, einzusteigen. Dann sinkt er sofort auf die Ruderbank nieder.

Der andere Mann schiebt den Kahn ins Wasser und ergreift die Ruder. Ruhig und stetig zieht er die Riemen durch das Wasser. Nur wenige Minuten sind vergangen, bis der Kahn am Ufer der Insel anlegt.

Ein Junge steht am Steg. Weißblondes Haar schaut unter seiner Mütze hervor und blaue Augen strahlen aus einem von Wind und Wetter gebräunten, aber fein und zart geformten Gesicht.

Der bärtige Mann wirft ihm das Tau aus dem Boot zu, das der Junge geschickt und schnell am Steg befestigt. Ohne ein Wort helfen der alte Mann und der Junge Jan Henrik aus dem Boot auf den Steg hinauf. Auf beide gestützt humpelt Jan Henrik zum Haus hinauf. Seine Füße und Hände kribbeln und schmerzen. Ihm ist schwindelig.

Die niedrige Holztür wird von innen geöffnet, eine kleine, gebeugte ältere Frau hilft ihnen ins

Haus. Sie hat die gleichen strahlenden Blauaugen wie der Junge.

„Bringt ihn in die Kammer", sagt sie bestimmt.

Dort ist schon das Bett vorbereitet und eine Schüssel mit heißem Wasser und weißen Tüchern.

„Komm mit, Nils", sagt sie zu dem Jungen und fasst ihn bei der Hand. Sorgfältig schließt sie die Tür hinter sich.

Ohne ein Wort hilft der alte Mann Jan Henrik aus seiner klammen, kalten Kleidung. Er wäscht seine Füße, versorgt die Froststellen mit einer Salbe. Erschöpft liegt Jan Henrik gleich darauf warm verpackt in Felle und Decken auf seinem weichen Lager. Er genießt die Wärme. „Wie soll ich Ihnen jemals danken?", fragt er.

Da verzieht sich das verwitterte Gesicht des Mannes zu einem Lächeln.

Nach leisem Klopfen betritt die Frau das Zimmer. Sie bringt eine Tasse mit warmer kräftiger Brühe und flößt sie Jan Henrik ein.

„Nun müssen Sie ausruhen", sagt sie.

„Bitte sagen Sie mir doch Ihren Namen."

„Kirsten Engström. Und das ist mein Mann Peer."

„Ich danke Ihnen."

Jan Henrik erwacht, als ungestüm an die Tür der Schlafkammer geklopft wird. „Herein", murmelt er verschlafen.

Nils schiebt sich ins Zimmer. „Du musst aufstehen", sagt er. „Heute ist doch Weihnachten!"

„Weihnachten?" Jan Henrik stutzt, lauscht dem Wort nach. Weihnachten. Ja sicher, heute ist der

24. Dezember. Wie lange hat er kein Weihnachten mehr gefeiert.

„Ich soll dir trockene Kleider bringen von Großvater." Der Junge legt eine saubere Hose und einen dicken Pullover über den Stuhl vor dem Bett.

Jan Henrik schlägt die Decken zurück. „Ich komme", verspricht er.

Als Jan Henrik die große Wohnstube betritt, glänzt ihm festlicher Kerzenschein entgegen. Der Tisch ist gedeckt.

Nils nimmt Jan Henrik bei der Hand. „Schau, das ist dein Platz!"

Jan Henrik setzt sich schweigend.

„Fühlen Sie sich besser?", fragt Kirsten freundlich.

„Ja."

Nun nehmen auch die Engströms am Tisch Platz. Peer schlägt die große Hausbibel auf, die neben seinem Teller liegt und beginnt zu lesen:

Im sechsten Monat aber wurde der Engel Gabriel von Gott in eine Stadt von Galiläa gesandt, mit Namen Nazareth, zu einer Jungfrau, die mit einem Mann verlobt war mit Namen Joseph, aus dem Haus Davids; und der Name der Jungfrau war Maria. Und er kam zu ihr herein und sprach: Sei gegrüßt, Begnadete! Der Herr ist mit dir. Sie aber wurde über das Wort bestürzt und überlegte, was für ein Gruß dies sei. Und der Engel sprach zu ihr: Fürchte dich nicht, Maria, denn du hast Gnade bei Gott gefunden; und siehe, du wirst im Leib empfangen und einen Sohn gebären, und du sollst seinen Namen Jesus nennen. Lukas 1,26-31

Jan Henrik hört zu, schweigend, aufmerksam, begierig. Seit Jahren hat er diese Geschichte nicht mehr gehört, seit damals, als er im Streit von zu Hause fort ging. Gott – wie weit weg ist er von Gott, so weit, dass er nicht mal heute Morgen dort draußen am See mehr beten konnte. Aber jetzt, hier in dieser stillen Stube auf der einsamen Insel im See, trifft ihn das Wort Gottes mit vehementer Gewalt.

> *Es geschah aber in jenen Tagen, dass eine Verordnung vom Kaiser Augustus ausging, den ganzen Erdkreis einzuschreiben. Es ging aber auch Joseph von Galiläa aus der Stadt Nazareth hinauf nach Judäa in die Stadt Davids, die Bethlehem heißt, weil er aus dem Haus und der Familie Davids war, um sich einschreiben zu lassen mit Maria, seiner verlobten Frau, die schwanger war. Es geschah aber, als sie dort waren, dass die Tage erfüllt wurden, dass sie gebären sollte; und sie gebar ihren erstgeborenen Sohn und wickelte ihn in Windeln und legte ihn in eine Krippe, weil in der Herberge kein Raum für sie war.* Lukas 2,1.4-7

Kirsten beobachtet still, wie der harte Zug aus dem Gesicht des jungen Mannes verschwindet. Sie sieht, dass seine Augen nass werden von Tränen. Und sie faltet ihre Hände und betet still in ihrem Herzen: „Herr, so wie du diesen Mann vor dem sicheren Kältetod bewahrt hast, so rette auch sein Leben für die Ewigkeit."

Und es waren Hirten in derselben Gegend, die auf freiem Feldeblieben und in der Nacht Wache hielten über ihre Herde. Und siehe, ein Engel des Herrn trat zu ihnen, und die Herrlichkeit des Herrn umleuchtete sie, und sie fürchteten sich mit großer Furcht. Und der Engel sprach zu ihnen: Fürchtet euch nicht, denn siehe, ich verkündige euch große Freude, die für das ganze Volk sein wird; denn euch ist heute in der Stadt Davids ein Erretter geboren, welcher ist Christus, der Herr. Lukas 2,8-11

Peer sieht von seiner Bibel auf und legt die Brille neben sich. „Heute ist mir die Weihnachtsbotschaft wieder ganz lebendig und gut erklärt worden", sagt er. „Durch Sie, Jan Henrik!"

„Das versteh ich nicht", sagt Nils.

„Dann denk doch daran, in welcher Lage Jan Henrik war."

„Ich hatte es bis zum See geschafft", sagt Jan Henrik langsam. „Und ich konnte den Ort, wo ich Rettung gefunden hätte, nämlich Ihr Haus, deutlich sehen. Aber das Wasser des Sees bildete ein unüberwindliches Hindernis für mich. Ich hatte kein Schiff, keine Brücke, die mich hinübergetragen hätte. Wenn Sie nicht gekommen wären, von der anderen Seite."

Peer nickt bewegt. Er sieht, dass der junge Mann genau verstanden hat, worum es geht.

„Vor Gott sind wir alle in der gleichen Situation wie Jan Henrik. Ein unüberwindlicher Graben trennt uns von Gott, nämlich die Sünde, dass wir unabhängig sein wollen von Gott und nicht nach seinen Weisungen leben. Dieser

Graben ist von unserer Seite nicht zu überwinden. Unsere Brücken, unsere Schwimmversuche, all das reicht nicht hinüber."

„Und darum ist der Herr Jesus gekommen", sagt Nils und sein Gesicht strahlt vor Freude. „Er ist über den großen Graben, das große Wasser, von Gott zu uns herübergerudert, ein bisschen so wie wir heute Mittag zu dir, Jan Henrik. Ich bin so froh, dass ich dich durch mein Fernglas gesehen habe, als ich draußen am Steg war, und wir dich gefunden haben."

„Ja, Jesus ist zu uns gekommen. Das ist unsere Rettung!", sagt Peer. Diese Worte klingen in Jan Henriks Herzen nach.

„Jetzt kann jeder, der will, sich von Jesus retten lassen. Du musst nur wollen! Die Hand des Herrn Jesus ist nach dir ausgestreckt. Du musst sie nur nehmen und an ihn als deinen Retter glauben."

Denn er wird sein Volk erretten von ihren Sünden.

Matthaus 1,21

Morgenglanz der Ewigkeit

Winter 1900, am Rand von Berlin. Es ist der 24. Dezember und schon ungewöhnlich kalt. Grau und kahl ragen die Äste der mächtigen Buchen in den nächtlichen Winterhimmel.

Hinter den Fenstern des Herrenhauses brennt Licht. Die Familie Haberger, Vater, Mutter und der 21-jährige Sohn sind im Esszimmer beisammen, während einige Hausangestellte ein wunderbares Menü auftragen. Dennoch ist die Stimmung gedrückt und unfroh. Herr Haberger hat den vorläufigen Geschäftsbericht des Jahres neben seinem Teller liegen und überlegt, welche geschäftlichen Entscheidungen im nächsten Jahr anstehen. Frau Haberger lässt ihre kritischen Blicke über die festlich gedeckte Tafel gleiten. „Gleich wird die das Hausmädchen zur Schnecke machen", überlegt Georg.

Nun richtet Frau Haberger den Blick ihrer eisblauen Augen auf ihren Sohn. „Was hast du vor heute Abend?", fragt sie.

Georg zieht überrascht die Augenbrauen hoch. „Verbringen wir den Abend nicht gemeinsam?"

„Ich möchte mich zurückziehen und arbeiten", sagt Herr Haberger mit einem Anflug von Ungeduld in der Stimme. „Und deine Mutter erwartet Magret zum Bridge. Wie jeden Donnerstagabend, das weißt du doch!"

„Ja, nur weil heute Weihnachten ist."

„Weihnachten ist nur was für schlichte Gemüter, mein Sohn!", erwidert Herr Haberger freundlich, doch die Augen haben keinen Teil an seinem Lächeln.

„Aber natürlich sollst du nicht leer ausgehen." Herr Haberger zückt sein Scheckbuch, das er immer bei sich trägt, und stellt einen Scheck aus. „Kauf dir den schönen Sport-Zweispänner, der bei Marten&Gruber auf dem Hof steht. Der gefällt dir doch?"

„Ja, natürlich", stottert Georg verdutzt. „Danke, Vater."

Herr Haberger lächelt sein seltsames unbeteiligtes Lächeln. „Schon gut. Und nun entschuldigt mich." Er steht auf, wirft die Serviette auf den Tisch und verschwindet in seinem Arbeitszimmer.

Einen Moment sitzen sich Mutter und Sohn schweigend gegenüber. „Was hast du vor heute?", fragt Frau Haberger noch einmal.

„Lesen."

Frau Haberger verzieht mit einer Mischung aus Unsicherheit und leichter Überheblichkeit das Gesicht. „Du verbringst in letzter Zeit sehr viel Zeit in Großvaters verstaubter Bibliothek. Aber wie du meinst. Vater fände es nur besser, wenn du dich deinem Studium der Wirtschaftswissenschaften mit etwas mehr Interesse widmetest."

„Ja, Mutter", sagt Georg schnell. Das Thema ist ihm unangenehm. Denn Georg interessiert sich nicht für die Geschäfte seines Vaters, im Gegenteil. Je mehr der Vater in seinen kalten Zahlen aufgeht, desto widerwärtiger wird ihm dieses Ideal des Geldverdienens um jeden Preis.

Doch Georg muss das Gespräch nicht fortsetzen, denn in diesem Moment erklingt die Hausglocke.

„Das wird Magret sein", sagt Frau Haberger eilig. „Einen schönen Abend für dich und frohe Weihnachten."

„Frohe Weihnachten", „Weihnachten ist nur für schlichte Gemüter", diese Sätze wandern durch seine Gedanken, als er kurz darauf in dem bequemen rotledernen Clubsessel in seinem Zimmer am Fenster sitzt und in die stille sternenklare Nacht hinausblickt. „Was bedeutet Weihnachten?", fragt er leise.

Auf dem Tisch neben ihm liegt ein altes zerlesenes Buch in fleckigem Ledereinband, die alte Bibel seines Großvaters. Bilder tauchen in seiner Erinnerung auf, wie er als kleiner Junge beim Großvater gesessen und den biblischen Geschichten zugehört hat. Doch das ist so lange her.

Ein leises Klopfen an der Tür reißt ihn aus seinen Gedanken.

„Ja?"

Das Hausmädchen serviert ihm den Abendtee.

„Danke, Martha. – Sagen Sie, was wird zu Weihnachten eigentlich gefeiert?"

Die treue alte Hausangestellte blickt ihn überrascht an. „Der Herr Jesus Christus, unser Erlöser, ist auf die Erde gekommen und als Kind geboren, uns Menschen zugute. Er hat Licht gebracht ins Dunkel der Welt", sagt sie.

Die einfachen, innigen Worte Marthas beschäftigen ihn unausgesetzt, als er wenige Minuten später in die sternenklare Nacht hinaus wandert. Das Eis auf den Pfützen knirscht unter seinen Schritten, das einzige Geräusch in der nächtlichen Stille. Georg schreitet schneller aus. Die frische Luft tut ihm gut.

Weiter immer weiter, durch das nächtliche Berlin. Die vornehme Wohngegend am Grunewald liegt bald hinter ihm. Als Georg aufschaut, findet er sich am Rand einer Arbeitersiedlung wieder. Neben den grauen Mietshäusern ein kleines, bescheidenes Haus in einem liebevoll gepflegten Garten. Warmer Kerzenschein hinter den Fenstern. Georg bleibt einen Augenblick stehen. Der Gesang einer glockenklaren Jungenstimme dringt an sein Ohr:

Morgenglanz der Ewigkeit,
Licht vom unerschaffnen Lichte,
schick uns diese Morgenzeit
deine Strahlen zu Gesichte,
und vertreib durch deine Macht
unsre Nacht.

Deiner Güte Morgentau
fall auf unser matt Gewissen,
lass die dürre Lebensau
lauter süßen Trost genießen
und erquick uns, deine Schar,
immerdar!

Leucht uns selbst in dieser Welt,
du verklärte Gnadensonne;
führ uns durch das Tränenfeld
in das Land der süßen Wonne,
da die Lust, die uns erhöht,
nie vergeht.

Christian Knorr von Rosenroth

‚Er hat Licht gebracht ins Dunkel der Welt', hatte Martha gesagt.

Georg öffnet die Gartenpforte, um den Gesang aus der Nähe zu hören. Sein Blick fällt auf das Namensschild unter der einfachen Klingel. „Hans und Vera Magnus." Der Name kommt ihm seltsam bekannt vor.

Plötzlich wird die Haustür geöffnet. Eine schlanke Frau steigt vorsichtig die beiden Stufen vor der Haustür hinunter. Sorgsam schüttet sie ein paar Brotkrumen ins Vogelhaus neben dem Stechginster an der Treppe. „Euer Abendbrot, Spätzchen", sagt sie leise. „Ihr sollt auch nicht hungern."

Georg ist schnell hinter den Stechginster getreten.

Vera Magnus, die Frau des Hauses, dreht sich leise summend zum Eingang zurück. Als sie hinter dem Stechginster eine Stiefelspitze bemerkt, schreit sie auf.

„O bitte, erschrecken Sie nicht. Ich ... ich hörte den Gesang aus Ihrem Haus, da bin ich in Ihren Garten eingedrungen, um das Lied zu hören. Bitte verzeihen Sie mir." Georg beugt sich vor und hebt das Tuch auf, das ihren Händen entfallen ist.

Vera hat sich schon von ihrem Schreck erholt. Prüfend blickt sie in das hagere Gesicht des jungen Mannes, auf seine vornehme Kleidung, in seine traurigen Augen.

„Sie sind ganz allein an diesem Abend unterwegs?", fragt sie.

Georg senkt den Kopf. „Ich hätte mit Kommilitonen beisammen sein können, aber mir war nicht danach."

„Haben Sie denn keine Familie?"

„Doch." Georgs Kopf sinkt noch tiefer.

„Kommen Sie herein", sagt Frau Magnus entschlossen. „Jochen kann das Lied noch einmal singen, wenn es Ihnen so gut gefällt."

Georg zögert einen Augenblick.

„Kommen Sie nur!"

Georg betritt hinter Frau Magnus den engen dunklen Flur, in dem es nach Brot und Tee duftet. Bei seinem Eintreten in die Stube sieht ein neunjähriger Junge überrascht auf. Vor dem Fenster sitzt ein Mann im Rollstuhl. Er wendet Georg den Rücken zu. „Hans, Jochen, wir haben Besuch. Sing das Lied noch einmal für unseren Gast, Jochen."

Der Mann am Fenster wendet sich um. Hans Magnus, natürlich. Der tüchtige Vorarbeiter in einer der Fabriken seines Vaters, bis ein schrecklicher Unfall im Betrieb ihn an den Rollstuhl fesselte in der Blüte seiner Jahre.

Schamröte bedeckte Georgs Gesicht. Hans Magnus war damals zu seinem Vater gekommen und hatte um Hilfe für seine unversorgte Familie gebeten. Der Vater hatte ihn mit freundlichen Worten und unbeteiligten Lächeln an die Armenfürsorge verwiesen. Georg selbst hatte dies Ereignis ganz schnell aus seiner Erinnerung verdrängt. Damals war er achtzehn gewesen.

Auch Hans Magnus hat Georg erkannt. Fragend und ohne Groll sind seine dunklen Augen auf den jungen Mann gerichtet.

„Sing, Jochen", fordert er seinen Sohn auf.

Frau Magnus nimmt Georg freundlich den schweren Mantel ab. „Mögen Sie einen Tee?"

Georg schaut beschämt auf das bescheidene Weihnachtsessen auf dem roh gezimmerten, blitzsauberen Holztisch, den eine kleine weiße Decke schmückt. Trockenes Brot, ein halber Apfel, dünner Tee. Er schüttelt den Kopf.

Der Junge beginnt zu singen. Klar und voller Andacht klingt das schöne Lied durch den Raum. Georg lehnt den Kopf zurück und schließt die Augen.

Als der Junge geendet hat, ist es einen Moment still im Raum.

„Dieser Morgenglanz, dieses unerschaffene ewige Licht, das ist der Sohn Gottes selbst, Jesus, der Herr, der als ein kleines Kind in die Welt kam, doch Träger eines wunderbaren Lichts, des Lichts der Liebe Gottes, das er uns brachte. Daran denken wir besonders heute an diesem Tag. Gott wurde Mensch in Jesus, um uns Heil und Erlösung zu bringen. Nun liegt es an uns. Ob wir das Licht in unser Herz lassen, oder ob wir unsere Herzen vor dem Herrn Jesus verschließen. Wir müssen uns entscheiden. Jeder, der an den Sohn Gottes glaubt, ihm die Schuld seines Lebens bekennt, findet Vergebung und bekommt ewiges Leben geschenkt. Er wird seinerseits zum Lichtträger in einer dunklen Welt. Ein lebendiger Hinweis, wie der Weg zu Gott zu finden ist."

Atemlos, begierig hat Georg den Worten Hans Magnus' gelauscht. Er spürt, das ist die Antwort auf alle seine Fragen.

„Kann ich Jesus heute annehmen? Wie kann ich gerettet werden?"

„Glauben Sie an den Sohn Gottes, dass er auch Ihre Schuld getragen hat. Nehmen Sie ihn an als Ihren Herrn. Friede sei mit Ihnen."

Wieder ist es einen Augenblick still. Warmer Kerzenschein erhellt mit seinem sanften Licht den Raum. Hans Magnus sitzt mit gesenktem Kopf. Georg spürt, dass er für ihn, Georg, betet. Georg sieht bewegt in das kraftvolle, sympathische Gesicht des Mannes vor ihm. Hans Magnus mag kaum 20 Jahre älter sein als er selbst. Und für sein Leben gezeichnet. Invalide. Arbeitsunfähig.

„Aber was führt Sie eigentlich zu uns, Herr Haberger?", fragt Hans Magnus nach einem weiteren Moment des Schweigens.

Vera horcht überrascht auf und tritt einen Schritt näher.

„Ich – ich bin nur zufällig hier. Ich ging spazieren und hörte den Gesang und blieb stehen und – Ihre Frau lud mich ein, hereinzukommen."

„Nun gut, aber an Zufälle glaube ich nicht so recht." Hans Magnus lächelt.

„Ich bin sehr froh, dass ich zu Ihnen gekommen bin", sagt Georg leise. „Denn Ihre Worte und das Lied Ihres Sohnes sind Antwort auf die brennenden Fragen, die mich schon seit geraumer Zeit quälen."

„Gottes Wege sind wunderbar."

Wieder senkt Georg beschämt den Kopf. Ob er das auch sagen könnte in Hans Magnus' Lage?

„Ihr Vater hat meine Warnung damals nicht ernst genommen", sagt Hans Magnus, als ahnt er, welche Gedanken Georg beschäftigen. „Ich hatte selbst nicht gedacht, dass sich der Eisenträger, der mir den unteren Wirbel zertrümmerte, völlig aus seiner Verankerung lösen würde."

Georg wird blass. „So ist die Firma schuld an Ihrem Unfall?"

„Wenn Sie so wollen, ja. Wussten Sie das nicht?"

„Nein." Georg schüttelt fassungslos den Kopf.

„Wovon leben Sie denn jetzt?"

„Von der Wohlfahrtspflege. Meine fleißige, liebe Frau geht saubermachen, und Jochen nimmt jeden kleinen Botendienst an, um ein paar Pfennige zu verdienen."

Georg tastet nach dem Taschentuch in seiner Weste, denn ihm bricht plötzlich der kalte Schweiß aus. Da umfasst seine Hand ein Stück Papier. Der Scheck vom Vater. Für diese Familie würde er ein Vermögen bedeuten. Das Papier brennt wie Feuer in seiner Hand. Georg springt auf, nimmt seinen Mantel. Er drückt Hans Magnus den Scheck in die Hand. „Bitte, bitte nehmen Sie! Wir schulden Ihnen mehr als das! Und verzeihen Sie uns!"

Ehe Hans Magnus oder seine Frau etwas erwidern können, stürmt er an ihnen vorbei hinaus in die Dunkelheit. Dort hält er einen Augenblick lauschend inne. Frau Magnus hat das kleine Fensterchen im Wohnzimmer geöffnet und ein jubelndes Danklied klingt hinaus in die sternklare Winternacht.

Langsam, ganz langsam geht Georg nach Hause zurück. Es ist doch noch hell in ihm geworden.

Sende dein Licht und deine Wahrheit; sie sollen mich leiten, mich bringen zu deinem heiligen Berg und zu deinen Wohnungen.

Psalm 43,3

Das alte Cello
17 Geschichten mit Tiefgang

Fabio, der junge Geigenbauer, arbeitet in einer der berühmten Werkstätten in Cremona. Sein Ehrgeiz ist gewaltig: er möchte eine Geige schaffen, die es mit den großen Meisterwerken der Zunft aufnehmen kann. Doch die Anerkennung lässt auf sich warten. Wird Fabio verstehen, dass es wichtigere Dinge gibt als Erfolg?

Ein junger Mann klopft abends an die Tür des Schmieds Frederik Bender und bittet um Arbeit und Nachtquartier. Er scheint ein dunkles Geheimnis mit sich herumzutragen. Kann der Schmied ihm helfen?

Der Gutsherr Tjen Haugen ist rücksichtslos, unbeliebt und durch Misswirtschaft hoch verschuldet. Gibt es einen Ausweg für ihn und seine Leute?

Dieses ansprechend gestaltete Buch zeigt durch 17 Geschichten eindrücklich, wie man den Schatten der Vergangenheit hinter sich lassen und einen Neuanfang wagen kann.

Ein durchgehend vierfarbig gestaltetes Buch mit Lesefaden.

Artikel-Nr.: 257665
ISBN-13978-3-89287-665-6
210 Seiten gebunden

Buchempfehlung